给妈妈 当妈妈

陆晓娅 著

GUANGXI NORMAL UNIVERSITY PRESS

广西师范大学出版社

·桂林·

GEI MAMA DANG MAMA
给妈妈当妈妈

图书在版编目（CIP）数据

给妈妈当妈妈 / 陆晓娅著. —桂林：广西师范大学出版社，2021.1（2021.4 重印）

ISBN 978-7-5598-3330-3

Ⅰ．①给… Ⅱ．①陆… Ⅲ．①随笔－作品集－中国－当代 Ⅳ．①I267.1

中国版本图书馆 CIP 数据核字（2020）第 199316 号

广西师范大学出版社出版发行

（广西桂林市五里店路 9 号　　邮政编码：541004）

（网址：http://www.bbtpress.com）

出版人：黄轩庄

全国新华书店经销

湖南省众鑫印务有限公司印刷

（长沙县榔梨街道保家村　　邮政编码：410000）

开本：880 mm × 1 240 mm　1/32

印张：8　图：22 幅　插页：8　字数：120 千字

2021 年 1 月第 1 版　　2021 年 4 月第 2 次印刷

定价：58.00 元

献给妈妈，感谢你给了我生命

怀念我们手拉手走过的那些日子

推荐语

父母明来路，喜乐行归途。

人间真情有，世道绝境无。

隔离因生死，相逢记荣枯。

此间告别后，天堂聚灵柩。

陆晓娅老师以资深心理工作者的多重视角，诠释了步入老年的女儿面对高龄母亲逐渐失智直至离世的十三年事务卷入、心理与行为反应。这些心思意念是你、我可能要经历的。或许，事到临头、身临其境时，咱就说不清楚了；不妨来看看，陆老师的辛酸、思考与释然能否引起您的共鸣……

韩布新

中国心理学会理事长

中国老年学和老年医学学会副会长

中国科学院心理所研究员

它看起来像日记，读起来像散文，但它更像是一本生动的认知症陪护教科书，字里行间蕴涵着丰富的知识和经验、方法和技巧，乃至智慧和启迪。每一位听说过"认知症"的朋友一定不想错过晓娅老师带领的这趟生命之旅。

王大华

北京师范大学老年心理学教授

推荐序

我含着眼泪一口气读完了陆晓娅老师写的新书《给妈妈当妈妈》。

我向全国所有的认知症家庭照顾者推荐这本书。

知道陆晓娅这个名字是在新浪的认知症家属微博群（这个群后来因为微博改版而离奇消失了）。从她分享和母亲相处的点滴细节里，可以窥见她的知性、敏锐，还有超强的学习力。

后来听群友说到晓娅的背景——当过多年记者，后来又从事心理工作，关注和探索生命存在的意义和价值。她在北京师范大学开设的公共选修课"影像中的生死学"是最受学生欢迎的课程。我买过她写的《影像中的生死课》，那种跨学科、高互动、激发学生思考和参与的教学内容与形式，也给我后来做认知症照护培训带来很多启发。

我一直相信，家庭照顾者这个群体，是一个卧虎藏龙的地方。

再后来，得知我和晓娅老师还颇有交情——她的父母和我的父母同在新华社国际部工作，是多年的同事；她的妹妹是我在中国人民大学新闻学院的师姐。这个世界真的很小，不是吗？

真正和晓娅面对面，是在她母亲入住的养老机构。

当时我和另外一位从事老年心理工作的师姐——也是晓娅的一个好朋友——一起去机构观摩社工带老人家们做团体活动。晓娅牵着母亲的手在楼道里慢慢踱步的样子，是那一天留在我脑海中最温情的画面。

我从事认知症照护的学习、研究和实践已有十余年的时间。对我来说，至大的一份荣幸，是能够陪伴中国很多认知症家庭照顾者走过他们的照护之旅。

认知症的确诊对很多家庭来说都是一个挑战。这意味着一家人的工作和生活节奏会被打乱。无论心里是否愿意，一些家庭成员都要变身为一个全职或者兼职的照护者，而且这份工作还没有薪水。

从社会角度看，目前中国认知症照护和支持的资源是不足的，尤其是社区照护和支持资源严重不足。这就让家庭照顾者的处境难上加难。

更加雪上加霜的是社会上普遍存在的对于认知症的认识误区。"痴呆""记忆丧失""漫长的告别""一天36小时""躁狂""攻击""日落综合征"这样的负面标签，以及媒体对认知症人士失能状态的过分渲染和对照顾者的廉价同情，都让认知症人士和他们的家庭成员被笼罩在阴影之下。

晓娅一家人，当认知症降临的时候，开启了他们的自救模式。他们吹响了家庭集结号，平衡好工作、生活与照顾任务，学习和践行认知症的新知，并善用社会资源。

晓娅老师没有把照顾任务当作是一场"漫长的告别",而把它当作是与母亲重建全新的沟通模式、重建母女关系、抚平过去创伤的珍贵机会。她赋予了母亲全然的接纳,剥开认知症的外表去欣赏母亲的独特性;在母亲与认知症共存的晚年,晓娅给了母亲理解、温暖、亲近、陪伴和守护。这些汇聚在一起,就是人们常常深藏于内心却难以启齿的——爱。

在《给妈妈当妈妈》这本新书里,晓娅老师用 35 个短篇,回顾了从发现母亲出现认知症的迹象,到母亲最后离世的经历。

当她刚把书稿给我的时候我其实内心是有一点担心的,因为在过去我也看过一些认知症家庭照顾者撰写的书,台湾的、香港的、国外的都有,但总体感觉都是太过陷入个人经历和情绪里面,我难以感受到共鸣。

但是晓娅笔下的故事,不仅让我会心地笑或感动地流泪,还让我感受到滋养——因为从她应对老妈出现的各种情况中,我看到了很多心理学理论或技术的影子,而这些理论或技术已经被晓娅用得出神入化、富有创意。我还看到了成长——无论是晓娅还是她的母亲,对,哪怕是已经得了认知症的母亲,在这个相依相伴的照护旅程中,都得到了内在的成长，让她们的生命更加精彩丰盛。

所以，我向全国的认知症家庭照顾者推荐晓娅老师的这本新书——《给妈妈当妈妈》，并祝福所有的家属朋友能和认知症和平共处，继续好好生活，并且，从这段经历中有所成长。

至于我，写完这段文字，我就要给我的妈妈打电话。因为我和晓娅一样，年幼时没有和母亲生活在一起，从身体到情感都没有建立起母女间的亲密和依恋。晓娅是母亲得了认知症以后才重建了那种亲密和依恋，而我，我不想、也不能等到那一刻。

我要给妈妈看晓娅的书，并且告诉妈妈我很爱很爱她，她是我心里最美丽的妈妈。

洪立

中国认知症领域倡导者、教育者

《聪明的照护者》主笔

目录 Contents

序言

人生中很多事情是不请自来的，你没法提前想好怎么对付，只有当它发生了，你才明白，在未来的日子里，你的人生将不再按照你的预期前行。

比如，我就完全没想到，我聪明要强的老妈，居然会得认知症*，我退休后不得不将很多时间精力放到她身上，甚至要变成她的"妈妈"。

就像老妈不愿意接受自己病了一样，我也不愿意接受老妈患了认知症这个事实，不愿意接受我不得不放弃一些自己想做的事情，而承担起为妈妈当妈妈这个新的人生角色。

也许有人认为，照顾日渐衰老的父母，是天经地义，是做子女的本分，没什么好说的。可是对我来说，真的不太容易：

首先，家中有认知症患者的人都知道，照护这样一个亲人压力是多么大。据说，认知症家属中抑郁的比例高达 60%。

---

* 过去，人们把认知和记忆退化方面的疾病，叫作"老年痴呆症""阿尔茨海默病""老年失智"等等。但是，一方面"痴呆""失智"有歧视的味道，一方面阿尔茨海默病只是这类疾病的一个亚种，因此国际上已经逐渐用"认知症""认知障碍症"作为这类疾病的名称。所以本书也将使用"认知症"一词（参考文章《从痴呆症到认知症》，作者洪立）。

其次，农耕时代的人为父母尽孝的时间，远远低于现在。1957 年，中国人的平均寿命是 57 岁，而现在北京上海等大城市早已突破 80 岁，这意味着照顾父母的时间会大大延长。我的同龄朋友中，退休后就在父母家上岗的不在少数，死在父母之前的也不是一个两个了。

要是六七十岁的子女本身已经身患疾病，力有不逮；或者虽然健康，还想继续做些自己喜欢的事儿，还想按自己喜欢的方式生活，比如"发挥余热"，恐怕难免内心的冲突。要知道，农耕时代是大家庭，大家不是住在一起就是生活在同一个社区，照顾父母往往并不需要放弃自己的生活方式。而现在大都市中都是核心家庭，光是往返距离，就带来很高的时间成本。如果搬到父母家生活，或让父母和自己生活，用空间换时间，就要努力协调两代人不同的生活方式。我看到过老人家在子女家中茫然无措，觉得自己就是个"累赘"；也看到过晚辈受不了长辈的"指手画脚"而心生郁闷。赡养、尽孝，这些大词一旦落到细节中，就有无数的冲突和挑战，但在讲究孝道的中国，它们却很少被看到、被承认。

除了上面这几个共同点，对我来说，给妈妈当妈妈还有一处特别不容易——我其实从小没有得到多少母爱。一来因为父母工作的原因，我一岁多就被送到外婆家,五岁左右开始一个人在北京上幼儿园、上小学,之后"文革"爆发,十五岁的我就到陕北插队,等我下乡归来,父母再次出国工作。屈指算来,在父亲去世、母亲离休之前,我和父母生活在一起的日子寥寥可数。另一方面,因为童年的心理创伤,我妈妈似乎丧失了很多爱的能力,虽然她从未打骂我们,但也很少让我们感受到亲切和温暖的爱意。

现在,我这样一个没有感受过多少母爱的人,就要给患了认知症的妈妈当妈妈了。从 2007 年带她去医院检查记忆力,到 2019 年 11 月她离开这个世界,在漫长的十多年里,聪明要强的妈妈慢慢地变成了一个不会走路、不会吃饭、不会说话的存在,最终身着丝绒旗袍,优雅地告别人世。回望这段特别的生命历程,我发现,支撑着我的是两个因素,一是来自弟弟妹妹的体贴与共同努力,二是通过写作记录给妈妈当妈妈的过程。写作,一方面将我内心的纠结、焦虑、烦躁和委屈纾解开来,一方面帮我把对命运的无奈转化为对生命的观察、觉察与省察,让我在辛苦的陪伴中看到了意义。

我并非从一发现妈妈生病就开始记录陪伴她的过程,事实上那时候我还在《中国青年报》上班,工作很忙碌。2008 年我退休后,和"青春热线"的志愿者杜爽开始公益创业，又度过了忙碌而充实的五年。2013 年，在我 60 岁生日那天，我离开了自己创办的公益机构"歌路营"，原因之一就是我妈妈的认知症已经进入中期，我需要有更多的时间陪伴她。也就是从这个时候起，我才开始用写作记录陪伴她的过程。2015 年 1 月，妈妈进入了养老院。在她生命最后的几年中，我写得也不太多，一方面因为她渐渐地失去了与我们、与这个世界互动的能力，一方面面对她，我也有太多的不忍，太多的无奈。

我也没有用日记的形式记录下所有的艰辛和琐碎，只是在某些特别有感触的时候才写。因此，这不是一本"认知症陪伴照护全记录"，虽然我相信这些文字对认知症患者家属也会有一些帮助。

妈妈去世后重新看自己写下的这些文字，我忍不住又哭又笑。看着一个鲜活的生命一步步走向"百年孤独"，让我无比忧伤；看到陪伴她的过程中，我们居然还能苦中作乐，也让我再次感知生活从来不是只有一种颜色。

妈妈所在的养老院有一位知名的医学专家，也是认知症患者。有一天我和她聊天，我说："我知道您是某某医院的大教授。"老人家似乎突然清醒了，一挥手道："Gone with the wind!"

啊，Gone with the wind，随风而逝。多么潇洒的老人家！

现在，妈妈已经离去，她的生命真的 Gone with the wind 了吗？

窗外，微风掠过椰林，我好像听到妈妈说"我在这里"……

2019 年 12 月 22 日于海南文昌

01

风，起于青蘋之末

像所有的认知症患者家属一样，等我们感觉到事情不对头时，老妈早已在病魔的偷袭下失去了往日的优雅：

正忙于工作的我，有时一天里会接到她好几个电话，说的都是同一件事情；

家里烧饭的锅，锅把儿开始"残疾"，因为她忘了关火；

把钥匙落在家中，她撞上门就出去云游了；

貌似坐在沙发上认真读报，仔细一看，却发现原来那张《参考消息》头朝下……

我们聪明、要强、独立的老妈，渐渐地开始让我们哭笑不得，继而让我们忧心忡忡。

唉，那是哪一年，是什么时候，我们才发现事情不对头了？

我已经记不太清了，唯一的时间点是 2007 年 5 月 31 日，因为在这一天的《效率手册》上，我写下了"带妈妈去北医六院看病"。

在此之前至少两三年，也或许像一些书上说的，早在十年二十年前，可能她脑部的退化就开始了。

而 20 年前，正是妈妈人生一个重要的转折点。

妈妈和爸爸一起采访国际会议。

1986 年底，我父亲在新华社巴黎分社社长任上查出肝部肿瘤，同在分社工作的妈妈陪他回国治疗。八个月后，父亲的肝癌终于不治。

安葬了父亲后，妈妈原本期待能重返巴黎工作，但是单位让她办了离休手续。

最初的几年，妈妈和朋友一起编纂了一部《法汉大词典》，还曾到一家基金会上过几天班，但她没有在那里找到感觉，觉得那里"官太太多"。此后，她不再工作，除了偶尔出去旅游外，就是独居家中。

也许那时候开始，她大脑中一场攻城略地之战已经悄悄地打响：那里面正出现越来越多阴险的 β - 淀粉样斑块，原来灵动的神经元纤维也不再翩然起舞，而是慢慢地纠缠在一起……

好在，受过教育的我们很快就明白不是妈妈"老糊涂"了，不是妈妈故意给我们捣乱，而可能是病了，得了那个叫作什么"阿尔茨海默"的病 *。

毫无疑问，要带妈妈去看病。

但，带妈妈去看病，是一个何等艰巨的任务啊！

跟她说："妈，你现在记忆力衰退得有点快，咱们去医院看看吧！"

她有千万个理由拒绝你：

"谁说我记忆力不好？我记忆力好着呢！我去买菜，卖菜的都说我脑子快！"

"胡说，我才没病呢，我身体好着呢！"

"我同学都说，你的微积分我们都比不上……"

呵呵，的确，我这个要强的老妈有个很不错的数理化脑瓜，要不是考大学时看错表提前交卷，她大概就是上海交大毕业的女

---

* 那时候我们还不知道"认知症"这个术语。

工程师了。但是阴差阳错，她竟然跟着我那文学青年出身的爹，进了《新华日报》，又进了新华社，成了一名搞国际新闻的记者和编辑。当然，她的聪明脑袋瓜，也让她很快掌握了法语。当北非原法属殖民地国家独立后要求新华社派驻记者时，我那学英语的爹只好屈尊附就，跟着她从大分社开罗到了摩洛哥，因为当时在那里，只有我妈一个人能说法语。

1959 年，妈妈在摩洛哥首都拉巴特。

1960 年，妈妈在阿尔及利亚采访。

可是，俱往矣，老妈，你现在不再是令同学羡慕的学霸，也不再是事业上的女强人，你就是一个大脑衰退得让人担心的老太太，你必须要去看病！

在若干次正儿八经的劝告无效后，我们只能另辟蹊径：既然你不承认自己的记忆力出了问题，我也就不说带你看什么病；既然你总是拒绝，我就不再征求你的意见，直接挂好专家的号；既然你不愿意去医院，我就说带你出去玩玩……

总之，我连骗带蒙地，居然就在那一天成功把她带到了北京大学精神卫生研究所。在那里工作的"青春热线"志愿者已经帮我挂好了所长于欣的号，他是老年精神医学的专家。

进了医院的妈妈，竟然立刻就变"乖"了很多。她默默地坐在候诊室等着看病，当医生给她测查记忆时，她也努力完成了"作业"，只是最后的结果让她火冒三丈，她在走廊里大喊："胡说八道！谁说我记忆不好，我的记忆力比你们都好！我没有病！"

77 岁的老妈，记忆力已经在同龄人的最低水平上。毫无疑问，她得了病，这个病正在让她的记忆力和认知能力日渐退化。

于大夫诚恳地说，现在没有更好的办法治疗，除了吃药有助于延缓疾病进程外，最重要的就是增加社会交往，社会交往是对这个病最有效的防治方法！

于大夫一连说了好几遍。其实我早就明白，妈妈得病多少和她缺乏社会交往有关，但偏偏她就是一个爱独往独来的人。

楼下的小花园，是许多离退休老人聚集的地方，也是老妈外出的必经之路。但她从那里路过时，眼睛仿佛长在脑门上，对那些坐着聊天的老人几乎视而不见。好在我家在这个院子住了几十年，总会有些熟人，比如我的幼儿园老师，这时妈妈才能停下来聊上几句。最开始，还有几个老同事邀她每周打一次麻将，但随着老同事要么进了养老院，要么"走"了，麻将小组也自行解散了。

三个孩子，彼时还都有自己的工作，但从父亲去世后，我们只要在北京，每周都会回家看老妈，我和妹妹也经常接妈妈到自己家里小住。

在离休后的日子里，老妈每天的生活还算规律，除了买菜、做饭、散步、浇花外，就是在家读报。干了一辈子新闻工作，读报，通过报纸了解国内外大事，已经成为她生活的一部分。

我曾劝她养只猫或狗，因为心理学上有所谓的"宠物疗法"。对于很多老人来说，宠物有效地改善了他们的心理健康状况，帮助他们建立了新的社会联结。但我的老妈说："我们编辑部的人都不养狗。"——哦，原来养猫养狗会让她觉得自己不再是一个知识分子、一个专业人士。我想，那是她需要保持的一种身份，即便是在离休以后，她也要维持这样一种身份，那是她的生命价值所在。

医生希望她能经常去复查，以了解病情的进展情况。奈何老妈坚决不从。虽然她脑子开始糊涂，但一说起去医院，她就明白得很。我们说服不了她，又不能绑架她，只好更多地回家陪伴她，督促她吃药，陪伴她外出，让她能有机会通过接触外界，获得新鲜的信息刺激。

紫竹院的河开了，我们拉着老妈去嗅早春的气息；

玉渊潭的樱花开了，我们假装去日本赏樱；

景山公园遍山都是中老年人的合唱团，咱们也去看热闹，看看她是否也能张开嘴；

过年了，咱们一起到城乡贸易中心买件新衣；

院子周边的街道，咱每次挎着老妈遛弯都走不同的路……

现在回过头来想，陪已经被认知症侵袭的老妈，不仅需要我们付出时间，还特别需要我们付出心力，需要我们具有创造性——我买了涂色的画本，让她跟着我涂色；我和她下她喜欢的跳棋；她数学好我就买了数独想让她做；我用 iPad 上的应用软件教她画画；我逗她回忆生活中的经历；我还假装帮她给朋友写信。甚至，甚至我还带她去看了初恋男友！

1949 年，妈妈在南下途中。

那个伯伯是她去解放区时认识的，后来妈妈随军南下解放大西南去了，伯伯则被组织留在刚刚解放的上海工作，不知怎的就失去了联系，待到再次见面，已经是"文革"结束后。见面那天，伯伯曾对我妈妈说："这些年你是出国、出国、再出国，我是下放、下放、再下放。"原来，这个很有才华的人，虽然逃过了"反右"，却没逃过 1959 年的"反右倾"，之后十多年一直挨整，直至"文革"结束才调到学术机构，在北京安了家。

我还记得那天带妈妈去看这个伯伯，下了公交天已经有点黑了。我给伯伯打电话，他到大门口来接我们。昏黄的路灯下，老人佝偻着身子走了出来，他看到妈妈，一把拉住了她的手。看到两个老人手拉手蹒跚地走在我的前面，我心酸不已，也感动不已。

我猜那天伯伯也相当被触动吧，我那聪明要强的老妈，已然失去了和他对话的能力……

补写于 2020 年 1 月 27 日

02

回程，谁来接站？

确信妈妈患上认知症之时，我也快到退休年龄了。退休后是成为妈妈全职/全天候的照顾者，还是兼顾照顾妈妈和做自己原本计划要去做的事情？我内心很挣扎。有时候这种挣扎会在梦境中出现：有一次我梦见和一些人旅行，即将踏上回程（毫无疑问，"回程"象征着我退休后的人生）。有人通知说，回程将不安排人接送站，需要到站后自己解决。于是我开始焦虑，因为我带着老妈，还带了很多的行李，我不知道到站后我一个人该怎么办……

其实，我身边不乏孝顺父母的好榜样。我的一位好友是个非常优秀的中学教师，曾经给我讲过很多生动的教育故事，我本想她退休之后，帮她把这些故事整理出来，让她的教育理念和教育方法可以得到传承。但她选择先全力照顾老妈，而且和她当老师时一样奋不顾身，顾不上自己也顾不上自己的小家。在为老妈送终后，她就查出癌症，什么都没来得及做，也没能看到自己的外孙女出生就撒手人寰了。

坦率说，我担心自己也会走到这一步。有些认知症患者的病程可以长达十几年，比如美国前总统里根，是 1994 年向公众宣布他患了"阿尔兹海默病"的，直到 2004 年才去世。我想，如果为了照顾老妈，我现在就退出社会生活，大概以后就很难重新融入了。我担心，在漫长艰辛的陪伴路上，我的视野会受限，我的能力会衰退，我的社会关系也会渐渐失去联结……在完成了作为女儿的使命后，我会不会变成一个无聊、无趣、无能的"三无"老太太呢？

我早就期盼着退休，因为我已经准备好和朋友在公益领域创业——我知道我仍然具有工作的热忱和能力，仍然渴望发挥自己的创造性让这个世界变得更好，但如果全职/全天候照顾妈妈，我的一部分生命潜能就没有机会发挥了。为此，我大概很难不产生一些负面情绪。带着这些负面情绪，我能照顾好妈妈吗？

何况，2008 年也是女儿的高考之年，我也要给予她更多助力和陪伴。

好吧，在现代社会里，对"孝道"是不是也该有新的诠释？毕竟社会已经有很多变化，很多家务劳动已经社会化了，还有了专业化程度很高的养老院……就让我试着走一条兼顾之路吧，毕竟照护者的身心健康也直接关乎照护质量，如果我先抑郁了，恐怕也照顾不好妈妈。

好在，现在妈妈的病还在早期，生活上尚能自理。她的楼下就是食堂，不想做饭了，她就坐电梯下楼去买饭。老妈还有个小时工，每周会过来帮她洗衣和收拾房间。而最为难得的保障，是我们姐弟妹三个人相互支持，同心协力，没有一个人不拿妈妈当回事。

住得最近的弟弟，开始负责给妈妈买煤气，交水电费、电话费，修理一切坏了的物件，还每周买好蔬菜水果送到家里，甚至炖好鸡汤给她带过去。我做医生的弟媳妇，则是我妈妈免费的家庭医生兼医疗事务总管：她每周都会为妈妈拿药，周末到妈妈家为她"摆药"——把一周要吃的药分好，装入分天的药盒。碰到看病、体检之类的事情，少不了她亲自出马，然后会认真分析各种检查结果。可以说，老妈的身体状况，尽在她的掌握之中。

我妹妹是家中最小的孩子，也是我们姐弟妹三个人当中唯一在妈妈身边长大的，因此跟妈妈的互动也最亲、最无顾忌。在我们发现妈妈已经不会用热水器，经常是烧一壶水提到厕所"擦澡"后，妹妹和我开始每周给妈妈洗澡。要知道，洗澡对于常人来说没啥难的，但对已经很难理解洗澡程序的老妈来说，用喷头中的热水冲去脑袋上的洗发液，那无异于一场恐怖袭击啊，所以她会特别害怕，帮她洗澡的人还要防着不让洗发水迷了她的眼，或者水冲进了耳朵。而我妹妹就有能力连说带笑、连哄带劝、连拉带拽地帮助老妈完成整套洗澡程序，"香喷喷"地成为"出水芙蓉"，再穿上干净的衣服。妹妹的说说笑笑，可以说是一味非常独特的药，可以软化老妈，让她身体和心理都舒坦。这个独门秘籍，是我和弟弟都不拥有的。

在发现老妈"丢"了存折之后，天降大任于我也——我成了老妈的财务总管。我们先去银行挂失了存折，然后办了新的折子和借记卡。每个月，我从卡上给她取出一定现金作为日常开销。开始是一个月一次，后来我发现，老妈总是会把钱藏起来，大概是觉得藏起来才最安全，结果却是忘了放在哪儿了。于是她就给我打电话："给我送点钱来，我没钱了！"——在我忙于工作之时，我肯定无法分分钟把钱送到。这咋办？好办！我改为每周给她发一次零花钱，且都是事先换好的零钱，一大把零钱递过去，她一定觉得钱很多，自己手头很"富有"，这样还能防止她拿着百元大钞出去买东西忘记拿找的钱。我还把一些备用的零钱放在某个隐蔽之处，一旦老妈打电话要钱，我就告诉她："你上那儿找找看！"

有了弟弟妹妹们的共同努力，我在退休之后实现了自己在体制内未曾实现的梦想：和"青春热线"的资深志愿者杜爽一起，创办了一个公益机构"北京歌路营"，服务于流动儿童和留守儿童。

创业自然是忙碌的。好在小学六年级的时候，我们的自然课老师就给我们讲过华罗庚，讲他在工厂推广优选法和统筹法，因此我从很年轻的时候就学会了时间管理，很善于统筹和优化自己的工作和生活安排。现在翻看那些年的《效率手册》，我发现除了工作外，"妈妈"绝对是个高频词，不是"看妈妈""和妈妈去公园"，就是"接妈妈""送妈妈"——在那段时间里，我经常接妈妈到自己家里住。我先生不用坐班，我出去工作时家中有人和妈妈在一起，总是放心一些。

我住的地方离妈妈家不近，坐公交单程要一个半小时。我听说有人把父母的房子卖了，在自己住的小区另租房子让父母住。这种"一碗汤"的距离（端一碗热汤过去不会凉）据说是亲子间的最佳距离，既便于照顾，又保留各自生活空间。我觉得自己小区内的环境不错，是不是也在小区里租个两居室，把妈妈和比妈妈还要年长 7 岁的公公一起接过来，请保姆照料他们呢？我甚至还去房屋租赁公司打听了一下，但想想觉得太过复杂，随着老人身体状况的衰退，我们肯定要请两个保姆，协调两个保姆还不让我头疼死？弟弟妹妹也反对，因为这样老妈离他们远了，照顾起来更加不方便。

　　妈妈到我家小住，对她对我们都不容易。这也不奇怪，某些正常人还会换了床就睡不着呢，医学上把这种"认床"现象叫作"第一晚效应"。老妈倒是没有"第一晚效应"，不过作为认知症患者，在一个全新的环境中实在是挑战多多：厕所在哪里？哪条毛巾是自己的？可以用哪个水杯喝水？早上几点起床？白天没事儿的时候干点啥？想出去怎么办？这一切，她内心肯定焦虑，但无法说出来。而家里的人呢，也得面对她因为失去认知能力而造成的种种麻烦：她会用我先生的牙刷刷牙，拿我的毛巾擦脸，用我女儿的杯子喝水。鉴于妈妈超强的自尊心，当认知障碍发生时，我们不能说"你拿错了"，只能另外想办法，比如女儿把自己的水杯放到高处，这样就不会被外婆拿到了。

　　碰到这些"麻烦事儿"，不烦躁、不抱怨并不容易。从认知上讲，不把这些事情当成"错误"，而是接纳她的失能，才能不心烦、不抱怨。不过，除了认知问题，亲子关系的质量也直接影响着互动。

　　由于我从一岁零九个月就离开了妈妈，妈妈有很长时间在国外工作，她又是那种很少对孩子表达爱和鼓励的人，因此我和妈妈的人生之路，原本是一种弱联结——我们的关系并不亲密，特别是在情感上和精神上。现在，当妈妈患了认知症，我知道这种弱联结需要改变，但我并不想完全牺牲自己，让妈妈自己的人生之路完全覆盖、淹没掉我的一段人生之路。我们是两代人，也是两个人，我们彼此联结，但也有各自的人生使命。最重要的，是如何改善我们彼此联结的质量，在妈妈人生之路的最后一段，能让她感觉到被爱；在她的人生之路中断之后，我既不会为自己的路没有与她并行而后悔，也不会为自己的路完全被吞噬而委屈——我在照顾她的同时，也努力活出了自己有质量的晚年。

2013 年，在我 60 岁生日那天，我对公益机构的年轻同事说："拜拜了，我要第二次退休了！"

选择第二次退休，是因为老妈的病已经进入中期，真的需要我投入更多的时间和精力了。我开始了一段和她更紧密联结的人生之路，这也让我有时间写了后面的许多文字，记录下她生命最后一段的下坡路——这是一条平缓而漫长的下坡路，但仍然有着种种意想不到的风景。

好吧，先不管我的回程有没有人接站，让我在妈妈的回程中与她一路相伴吧。

补写于 2020 年 1 月 30 日

03

悄悄地进村，打枪的不要！

2008 年我女儿考上北师大后，写的第一篇论文就是关于阿尔茨海默病的。周围的朋友知道我妈的情况后，也常常会发给我一些信息，比如某种东西或药物有疗效等等。

看了若干的文章和书籍后，我们心里都很清楚，这个病是不可逆的，药物和良好的照护，只能减缓病程，但绝无可能"治愈"病人。

妈妈的病情在一天天发展着。

妹妹不止一次接到隔壁邻居的电话：你妈又把东西烧煳啦，这太让人担心啦，着火怎么办？

我回到家中，发现大门洞开，老妈却不在家中；

我们带去的水果，她会藏在衣柜里，直到烂掉……

弟弟妹妹和我三人"开会"，觉得老妈已经到了必须有人全天候陪伴的阶段。

让她住到子女家里，那几乎不可能；而我们也难以放弃自己的家人和工作，全天候地陪着她。可以选择的方案，就剩下进养老院和找住家保姆了。

妹妹曾经带着妈妈去参观养老院，在那里竟然碰到了好几拨妈妈认识的人，比如妈妈在国外工作时认识的外交部官员、以前的老同事、老朋友。但是当妹妹问妈妈："有这么多熟人，你愿意不愿意也住到这儿啊？"老妈斩钉截铁地回答："我才不呢！"

我们也多次找机会和妈妈提起找保姆的事情，心情好的时候，她会说："我这儿也没什么活儿，干吗让生人在我面前晃来晃去的？"心情不好的时候，她会说我们不想管她了，甚至摔了电话。

怎么才能减少妈妈生活中的危险因素，让她得到更好的照顾呢？在黔驴技穷前，我妹妹想出一招儿。她说，不如春节过后请老家的小姨来北京玩，然后咱们找个保姆，就说小姨来了，需要有人做饭。过个把月，小姨走了，保姆留下，老妈大概也习惯了。

我和弟弟都觉得这个主意值得一试。妹妹看我们心动，就对我说："你是老大，你来给小姨打电话吧！"

嗯，虽然我这个老大并非特别有主意，但该承担就承担吧。不过，在实施"小姨来京"之策前，我给老妈写了一封信，可能我内心深处还是希望能得到妈妈更多的理解和谅解吧。信是这么写的：

亲爱的老妈：

接到这封信你可能觉得有点奇怪，其实写封信给你说说心里话，我已经想了很长时间了。今天看完龙应台和她儿子写的书，觉得写信可能是个好方法，能把当面不太容易说的话说出来。我也很希望你能保留这封信，通过这封信知道我们对你的爱，对你的关心。

这些天我和弟弟妹妹一直都很不平静，早上我会醒得很早，醒来就会想到你。我担心你忘记吃药或者多吃药，我担心你把钥匙忘在家里出去进不来，我更担心你煮东西忘了关火……

我知道你看到这里已经烦了：我好好的，你担心什么？谁说我会忘记，我脑子好着呢——你总是这样说。

当你这样说的时候，我能感觉到你生气了，你觉得我们在说你不好，在挑剔你。我想告诉你，妈妈，不是这样！当我们这样说的时候，我们不是在说你不好、不行，而仅仅是出于关心！

你小的时候在家里受了很多委屈，被父母不公平地对待过。所以你一辈子都要强，要证明自己是好的，比任何人都不差。人在小时候受到情感伤害，就会变得敏感，不太容易分清楚什么是别人对你的贬低，什么是别人对你的关心。

在这个世界上，我想我们姐弟三人是你最亲的人，也是最关心你的人。我们知道我们有个聪明的妈妈、要强的妈妈。可是再聪明再要强的妈妈，也会衰老，也会因衰老而产生身体的衰退，包括记忆力的衰退。我们都愿意帮助妈妈一起来面对这些因为年老而产生的问题，但是前提是，妈妈能够接受自己在衰老、在衰退这样一个现实。当妈妈不愿意接受这个现实的时候，我们就不可能一起使劲儿，甚至我们出于关心进行的提醒，还让你觉得我们讨厌。

妈妈，请你分清楚吧，我们不是你的父母，也不站在他们一边非得要贬低你，我们是因为爱，因为关心，才时时提醒你。请千万不要把我们的关心当作对你的批评，然后就向我们发脾气吧！

你是一个从小受过伤害的孩子，你知道父母的伤害是什么滋味。我想你对自己的家庭没有太多的感情，也和这些伤害有关系。可是你知道吗？你的孩子也是会受到伤害的。我们姐弟三人，还有贤惠而能干的弟媳，凭自己的努力立足社会，在外面受人尊敬。可是我们几乎都没有得到过你的欣赏和肯定。我们在繁忙的工作之余，为你买菜、送饭、取药、洗澡、买衣服，陪你散步，可是你脾气一来就骂我们。你骂我们让我们伤心难过极了。你知道，人伤了心，就会躲得远远的，就不愿意回家。我想这一定不是你希望的！

妈妈，我们都特别希望踏进这个家门的时候，我们的心里是暖暖的，妈妈的眼光是慈爱的。如果哪些地方我们做得不好，你可以告诉我们说"我希望你们……"，而不是骂我们不管你，因为那样说对我们是不公平的。你希望自己的父母能公平地对待自己，我们也同样希望啊！如果我们彼此都能感受到对方是爱自己的，这个家该是多么不同啊！

妈妈，这些日子我常常会问你过去人生中的故事，知道你有很多的路走得不容易。你很独立，也很坚强，还非常能干。爸爸去世后，你一直一个人生活，到现在快80岁了，还能基本自理。这都很了不起！不过，我想你也需要考虑一下下一步该怎么办了，因为你一个人的生活正在变得越来越危险，越来越容易出事。

我相信妈妈还愿意在这个世界上好好地活些年。那我们是不是为了这个目标，做些改变呢？我和先生，都愿意你到我们家来生活。如果你觉得我这里没有熟人、不习惯，你更愿意住在自己家里，我们就请一个人，你出去的时候有人陪着，晚上身边也有人。如果你嫌家里没事，可以让她出去半天，到其他人家帮忙，做做小时工。

我相信妈妈也是心疼儿女的。我今年也56岁了，心脏早搏，血脂偏高；弟弟经常出差，血压也高；弟媳不仅工作忙，父母也都80多了，需要她更多的照顾；妹妹忙起来昏天黑地，她最近常常生病，也是抵抗力下降造成的。如果你身边有一个人，也会分担我们很多的压力。如果回到家中，我们有现成的饭吃，可以有干净的床睡，我想我和妹妹都会愿意更多地回来陪你的。

妈妈，如果哪些话你看了心里不舒服，请你原谅。我真的很希望能和你亲密一些，就像我和女儿一样！我也特别希望，你能让弟弟妹妹们知道，你是爱他们的，心疼他们的。你知道一个孩子不管多么有成就，他最盼望的还是能得到妈妈的爱啊！

最后，妈妈，谢谢你帮助我叠衣服，也谢谢你在我们走时嘱咐我们"慢点开"，那个时候我都感到好温暖！还有，昨天我给你打电话和你说我们去联合国儿童发展基金会，你问我"谈得怎么样"，我一下子就体会到了妈妈的关心。我以后也会多和你说说我的工作和生活。

2009 年 2 月 8 日

这封信我是寄给妈妈的。等我回家的时候，我看信剪了口放在妈妈的床边。我很想问问她看了有什么想法，却一时不知道怎么开口。

过了几天，我接妈妈回家。给她洗澡的时候，我觉得比较放松，就问她："妈妈，我写的信你看了吗？"

她面无表情地说："是吗？可能我还没有收到吧。"

我说："你肯定收到了，我看到信剪开了，放在你的枕头边。"

"是吗？我不知道你的信啊。"妈妈说。

我一边给她擦背一边说："我们很担心你，想找个保姆陪你住。"

老妈一声不吭。

嗯，不管怎么说，这回她没发脾气也没说"不"。也许那封信对她有点触动？

我给小姨打电话，她几乎没有犹豫就答应来北京。妈妈的老家在江南，兄弟姐妹九个，几个大的在新中国成立前后通过上学、参军都离开了家乡，剩下最小的三个留在了家乡。但妈妈那个大家族有相互支持的传统，在我父亲患病之时，我的外婆和舅妈都来北京帮过我们，现在最小的九姨又要来帮我们了。

我们整理出一个房间让小姨住，同时开始悄悄地找保姆。想来想去，觉得要找个年龄大些的，太年轻了怕接受不了这样一个认知症老人。还得找个南方人，否则北方人做的饭老妈吃不惯。

保姆找到了，我们让她"悄悄地进村，打枪的不要"——我们并没有刻意强调找保姆是为了照顾老妈，而是跟老妈说，小姨来北京，你不能让小姨饿着。但要是你每天负责做饭，就太辛苦了，所以"她"（指保姆）来帮你的忙，帮你去买买菜，做做饭，你和小姨有啥事就交给她。

就这么稀里糊涂地，老妈居然接受了，没把人家赶出门去。而且在小姨回去后，老妈也没觉得保姆多余，可能是已经习惯了吧，甚至在院子里遛弯时，她还劝别的老人："你也得找个保姆了！"呵呵，这是多么令我们欣慰的变化啊！

不过，找一个让我们放心的、人家又愿意照顾我妈的保姆并不容易。在换了三个保姆之后，总算找到了一个合适的。这个保姆快50岁了，丈夫已经去世，有个在高中读书要考大学的女儿，她需要为女儿，也为自己的晚年挣些钱。作为南方人，她能烧出我妈妈喜欢吃的菜，也有耐心陪着我妈说话，一天两趟带老太太下楼散步。

有了这个住家保姆，妈妈不用再自己动火，出门也有人陪在身边，可以说她不再是个"危险人物"，至少她后来再没有"失踪"过。每每看到网上有人寻找走丢的老人，我们都很庆幸妈妈最终接受了保姆。

当然，我的工作又多了一项：每次回家除了陪老妈，也要陪保姆聊天——毕竟，她天天和这样一个头脑一天比一天糊涂的老太太在一起，也需要时不常地诉诉苦，不仅是照顾老妈的不易，还有女儿考学的问题。总而言之，我就当免费为她做心理咨询——学了这么多年的心理咨询，我也算用己所长吧。

补写于 2020 年 1 月 31 日

04

老妈如何计量她的幸福

我想"世界"在每个人心中肯定是不一样的，随着生命的变化，世界的尺寸也会有变化，比如随着我的旅行，我心中的世界正在越变越大，我挂念所有那些我去过的地方发生了什么。而老妈的世界，却随着病情的发展变得越来越小——即便她手里拿着《参考消息》这样的报纸，即便她面对电视里不断翻新的节目，她已然无法记住也无法处理这些新鲜的信息了，新近发生的事情对她都是所谓的"过眼烟云"。

世界上发生的事情，常常是人们交流时的谈资。但因为老妈的世界已然变得很小，和别人在一起的时候，这些外部的信息就无法引起她的兴趣了。

不知道是不是与此有关，老妈越来越不主动说话。不过，我发现，在带她出去散步时，她倒是话多一些。或许散步让她情绪更加放松，也或许散步仍然是与外界的接触，让她能得到一些信息的刺激。

散步时老妈的话特别有意思，用年轻人的话来说，就是不停地"穿越"：明明走在北京的马路上，她偏指着路旁的大楼说，"我小时候在那后面做功课"；刚才她还说自己在解放区呢，一转眼又到了巴黎，还非说自己的衣服是巴黎买的，一笔勾销了我们的孝心（这几年，她所有的衣服都是我们给她买的）。虽然听到这话，我心里会觉得好笑或者委屈，但我不再和她较真，也不会笑话她，就当陪着她一起玩时空穿越吧——既然认知症患者记不住刚刚发生的事情，却能记住过去的事情，时空穿越大概对老妈继续用脑还是有好处的吧！

尽管老妈颠三倒四，但我还是很想了解她的内心，想知道她对自己的人生是怎么看的。我还妄想着能发掘出一些遥远的故事来，希望那些曾让她感动或愉悦的故事，能让她的心变得柔软温暖——我不希望在她人生落幕的时候，感觉到自己曾经生活过的世界是冰冷的、没有爱的。

和很多人一样，老妈的童年也有着心理创伤。在家里九个孩子中，她排行老三，得到的父母关爱比较少。她一辈子要强，就是想证明自己不比别人差。虽然和许多同辈人相比，她的一生还算顺遂：1957年没有被打成右派，"三年大饥荒"在国外工作，"文革"没有挨过批斗（被贴大字报那是少不了的），去五七干校时间也不算长；三个子女都很自立，不需要也没想过要啃老，且三天两头地回来看她陪她，让院子里许多老人羡慕不已。但她内心深处觉得幸福吗？她对自己的一生是如何评价的呢？

今天和老妈散步时忽然冒出一个念头，用我在叙事治疗中学到的方法和老妈谈谈心吧。于是，有了这样一段对话：

我：老妈，如果用数字来代表你的人生，0是极端的不幸，100是非常幸福，你会给自己的一生打多少分？

妈：八九十分吧。（坦率说，我吓了一跳，因为老妈很少表达满足与满意，对周围的人和事表达不满倒是比较多，所以我以为她一定觉得这辈子很不幸福。）

我：哇，这分不低啊！你觉得能让你给自己八九十分的是什么呢？

妈：我数理化好，别人都羡慕我。

我：哦，你数理化好，被别人羡慕。还有吗？

妈：我外语好。

我：你是说法语吧？

妈：我小时候在教会学校学英语，后来进了外交学院学法语，我也比别人学得好。

我：数理化和法语，两条了。还有吗？

妈：我到了解放区，参加了解放大西南。

我：投身革命，这是第三条。还有吗？

妈：想不起来了。

我：（老妈一直没有提到家人，难道家人和她的幸福没有关系吗？我决定试探一下）那我们几个孩子出生，你觉得是给你带来幸福，还是让你感到麻烦？

妈：那，那也没怎么觉得。

我：没觉得什么？

妈：没觉得麻烦，有外婆呢，那时候我在北京没法管你们。

（不知道为什么，我没有再盯着问她孩子是否让她感到幸福。也许是我害怕她说没有吧，因为我们几乎从来没见她流露过此类的情感。）

　　我：那丢的一二十分是什么呢？

　　妈：是我们家兄弟姐妹间的不公平。

　　我：这不公平对你的影响是什么？

　　妈：我就早早地离开家，不跟他们在一起。

呵呵，小时候的委屈成了老妈永远的痛，为此她一辈子都耿耿于怀，尽管我们出生后，为了让妈妈能够全力以赴学习和工作，外婆曾承担起照顾我和弟弟的责任。我小时候曾在外婆家生活了三年左右，而弟弟出生在外婆家，直到七岁上小学才回到北京。可以说，外婆用这种方式给了老妈很大的支持。

听了老妈给出的幸福分数，我心里喜忧参半。高兴的是，她能给自己的一生打这么高的分，应该还不错吧，至少她没有觉得一生白过。但她的幸福三条也让我为她感觉到有点遗憾，因为亲情、爱情和友情都没有出现。给她的幸福加分的，是智力（通过他人评价）和所参与的、做出的事情（参加解放大西南），而减分的是关系。

想到心理学家阿德勒曾说，追求优越感并非克服自卑的正道，消除自卑的唯一健康途径是培养社会情感（许又新大夫认为，阿德勒使用的德语"gemeinschaftsgefühl"翻译为英语的

"social feeling"并不确切。阿德勒指的主要是和周围的人忧乐与共、休戚相关的情感）。而老妈，其实走的是前一条路，这也许是她虽然给自己打出了高分，但在日常生活中却很少表现出快乐的原因吧？

现在，老妈已经快 82 岁了，随着病情的发展会越来越难以沟通。我们做什么才能提高一点点她的幸福感呢？听听她说过去的故事？让她诉说诉说自己的委屈？接纳她而不是评判她？我不知道自己能做到多少，也不知道做到了是否管用——在她那颗我们无法窥见正在发生什么的大脑中，残留在杏仁核上的创伤性记忆，还能够重新建构吗？

初稿于 2012 年 3 月 17 日

05

妈妈的藏宝洞

自从认知症找上老妈后,她床旁边的衣柜,渐渐地对她有了不同寻常的意义,甚至已经成了她不能离开的东西。

这么说,可能会让人觉得有点匪夷所思。其实,要不是三八妇女节那次折腾,我也意识不到这一点。

话说三八那天,我以女同胞应该享有半天假日为由,中午直接从丰台的打工子弟学校回到位于复兴路的老妈家。我打算把她接到北五环外的我家,希望能让她在我这里过完周末,这样她就有机会见到我的女儿——平时打电话给老妈,她总会问起她的外孙女。我不知道这是不是世界上她唯一惦记的人,因为连我们做儿女的,似乎都没有这份"殊荣"哈。

当然我知道让她离开熟悉的环境是有风险的。不过这难不倒我:正好先生出国了,老妈可以和我睡在一起,半夜她有啥动静我都可以照应。

如意算盘打好了,带上保姆,三人打的长途奔袭到我家。先给她理了发,我又亲自给她洗了澡。

吃完晚饭迎来漫漫长夜，考验到了。

总不能吃饱就睡，根据上次的经验，可以给她放电影。我收集了不少好片子，但估计她能看进去的不多。选了一部韩国导演李沧东的《诗》，放给她和保姆两个人看。这部片子的女主人公，也是一位照顾老人的保姆，所以我家保姆看得津津有味，不断发出感慨。但老妈看到一半，就站起来说不看了。问她想做什么，她说"睡觉"。于是安顿她上床。

我知道她上了床也一时半会儿睡不着，便在卧室陪着她。她躺在干干净净、软软乎乎的被子中，望着我说："我不习惯睡在外面。"

我说："是啊，到一个新地方会不习惯。不过你上次来，不也住了好几天吗？你睡睡看，我会陪着你，一直等你睡着。"

但老妈还是瞪着我，嘴里叨叨着："这怎么办呢？我怎么能睡在外面呢？在外面我睡不着啊。"

我只好问她："你觉得怎么好？"

老妈表示她要回家。

彼时，已经 21 点过了。但我看老妈这架势，怕是一夜都不肯睡了，只好让她起床穿衣服，打电话叫了出租车，再次长途奔袭，把她送回家。一来一回，花掉小 200。

后来保姆说，她在家的时候，没事就收拾她的衣柜。在你这里她没有衣柜可收拾，心里就难受。

我终于明白，现在她已经离不开她的衣柜了！

老妈倒腾衣柜，已经至少有两三年了吧？先是藏存折、藏身份证、藏钱。《红灯记》里日本鬼子鸠山曾说："一个共产党员藏的东西一万个人都找不到。"这话真是再正确不过。最终，我老妈找不到她自己藏的工资折了！

当然，她不会怪她自己，而是怀疑有什么人偷了。我们把她支开，在衣柜中翻找，从犄角旮旯儿的化妆包里，找到一个旧钱包，终于找出身份证。但工资折，真的是"让共产党员藏瓷实"了。无奈，只好带她去挂失，然后将她的证件和存折统统"收缴"，代她保管起来。

待我们用"苦肉计""调虎离山计""买一送一"等 N 多计，使她终于接受了保姆后，生活费就由我每周交给保姆，老妈实际就不再需要什么钱了。开头，她还会想起打电话找我要钱，我就把大钞换成零钞再给她。她拿着一摞钱，以为是很多钱（她已经数不清了），心满意足地又藏到某个旮旯里。

渐渐地，老妈不再主动给我打电话，我知道她已经失去打电话的能力了。偶尔，她也会说"我没钱了"，但说完马上就忘了，不会再记得向我要钱。

手中没钱的老妈，开始了另一个藏匿游戏，就是把手纸撕成一截一截的，藏在衣柜里、枕头下，甚至塞在身上。我们给她洗澡的时候，一脱衣服，纸片就会像雪片似的掉出一堆来。甚至半夜三更，她把厕所的卷纸拿到卧室去，撕好后藏进床边的大衣柜"坚壁清野"。

我们想，也许老妈把手纸当成钱的替代品了？如果这样撕纸、藏纸，能让她觉得安心的话，就让她撕吧，无非是让保姆多买点手纸就是了。

无事可做，或许也是老妈倒腾衣柜的一个原因？原来她挺喜欢做饭的，做的饭也好吃，我还曾经想把她做的菜写一个"陆氏菜谱"，奈何她不肯配合。后来，我们不敢再让她动火，做饭的事情让阿姨接管了。长日仍漫漫，但老妈可做的事情却越来越少了。这个时间的富人，就找上了衣柜吧，毕竟那还是她的领地，在她的掌控之下。

当保姆做饭的时候，老妈就会去倒腾她的衣柜：把衣服拿出来叠，叠好再放进去；把钱藏在衣柜里的某个角落或者某个包里，然后再找来找去。因为有衣柜可以倒腾，她就有了可做的事情。有了可做的事情，她心里就少了一些茫然和焦虑吧，我猜。

对老妈而言，衣柜早已升级为保险柜，或者干脆就是"四十大盗"藏宝的山洞了。不管什么东西，只要她觉得宝贵，都会往衣柜里藏，不仅有被她当作钱币的手纸，还有点心、饼干、鞋子，甚至吃剩半截的香蕉！有时我们一打开衣柜门，居然会有小虫飞出来！还好这藏宝洞没有什么"芝麻开门"一类的暗号密语，要不她今天设明天忘，就更热闹了。

我们知道衣柜里正在发生某种骚乱，可是如果未经许可就去清理，她立刻就会变脸。好吧，你的地盘你做主，我们就借口给她洗澡帮她拿衣服，悄悄地清理一下。有些时候，还需要我和弟弟妹妹打配合：一人给她洗澡，另外一人就赶紧打开衣柜往外扔东西！

每次回家，都能看到老妈把衣柜里的东西拿起来，放到床上，我知道那是她正在"工作"。对于她的这些行为，我们也已经可以接纳，知道那是她应对她的困境的方法。甚至，当今天写下这段文字的时候，我忽然觉得，老妈不能在我家住下，是因为她无法在这里干她翻衣柜的"工作"，这说明她还能意识到自己是在我的家中，她得尊重我和我家里的秩序。或许，虽然患认知症多年，但她还没有完全丧失自我意识，没有失去他人与自我之间的分辨力，这难道不值得庆幸吗？

初稿于 2013 年 3 月 10 日

06

老妇带老老妇还乡 *

早春三月，莺飞草长。

虽然，此三月非彼三月，阳历与阴历差着一个多月，但比起春天姗姗来迟的北京，春风肯定绿了江南岸，我的故乡江南，江南故乡！

好时节，还有一个好日子：大舅 80 岁生日，邀请兄弟姐妹和晚辈们相聚。亲友们，远在海外的，近在家乡的，不远不近在祖国各地的，熟悉的，半生不熟的，未曾见过面的，将在家乡相聚。我最小的一个表弟，也要趁着这个机会，把自己的婚礼办了。

没的说，我是要回的，弟弟妹妹也是要回的，别管工作多忙，这样的相聚应该是"一个都不能少"！

"一个都不能少"？包括我的认知症老妈？

老妈兄弟姐妹 9 个，只有二姨不在人世了。但大家都知道，

---

* 题目起自瑞士作家迪伦马特的戏剧《老妇还乡》，因为带妈妈回家乡时我也过了 60 岁，所以自称"老妇"。

我妈患了认知症，已经连话都说不完整了。

大舅和在北京生活的阿姨，都劝我们不要带老妈了，他们有很多的担心，比如担心老妈爬不上小城中没有电梯的宾馆房间。

只有我们知道，老妈腿脚厉害得很，每天在外面散步三个小时都没有问题。

我们也担心，担心老妈不能适应旅途，担心老妈在外面吃不好睡不好，最最担心的是——在众人欢聚时，老妈突然发起脾气，那，那岂不是扫了大家的兴？

但，不知道从什么时候开始，老妈就总是叨叨着回家。有时是请求的口气："回家吧！"有时是命令的口气："回家！"有时是迟疑的口气："什么时候……回家？"

说回家的时候，大都就是在她的"家"里。那个大院，她住了差不多 50 年，三次搬家，只是从一个楼搬到另一个楼而已。现在住的这套房子，她也已经住了 25 年，里面的陈设，还和老爸过世时没什么两样。老妈患上认知症后，我也曾想过把她接过去和我一起生活，也曾看过两家条件很好的老人院，妹妹甚至都交了押金，但看到她每天散步时总会有人和她打招呼，那一刻她总能露出笑容，我们还是没有决心把她从"家"中"拔"出来。也许，那熟悉的环境是最能让她感到安心的吧？

但她还在叨叨"回家"，她想回的"家"到底是哪里呢？

为了解开这个谜，我用各种话来问她：如果回家了，你会见到谁？会看到什么？会吃到什么？

老妈的回答是："他们……一般来说……"（"他们""一般来

说"都是她的高频词）

我无法捕捉到她内心真正的渴望！

我指着书柜上外婆的照片问她：她是谁？

老妈说：妈！

她还能认出那是她的妈妈。

再问：回家是想见到她吗？

她还是说：妈！

以前，她总觉得父母不公平，疼爱两个姐姐而不疼爱她，所以她早早地跑到解放区去参加了革命队伍。提到早年的家庭生活，她也总是充满了委屈。

但现在，"妈""姐姐"却越来越多地出现在她的口中，甚至当我帮她洗完澡之后，她会对着我大叫"姐！"

我开玩笑地把她叫作"妈宝宝"，我问她："我是你妈妈吗？"她说："是。"我再问："我这个妈妈当得怎么样？"她说："还不错。"

呵呵，她为什么不叫我"孩子"，不叫我"妹妹"呢，只把我当作"妈妈"和"姐姐"？

我猜，无论是"妈"还是"姐"，都包含着某种呵护的意味和能力吧，而这也许都是她现在特别需要的。会不会因此，她在心里也会对过去有了不同的感觉呢？

不能交流，但我在内心深处相信，老妈是想回一趟家乡，至少在潜意识中是这样。我顽强地、顽固地相信这一点，没有充分的证据，只有——直觉！

老妈已到了认知症的中晚期，不能形成近期记忆，哪怕是刚刚吃完饭，她也会说："我还没吃饭呢！"所谓"记忆的橡皮擦"，会将所有刚刚发生的事情擦去，无法在大脑中留下印记。

那，回乡又如何？她可能根本就不知道自己回到了家乡，认不出自家的老宅，也无法和家乡的亲人交流对话——在一片空白中能产生怀想与思念吗？在一片沙漠上，能滋生出温暖与感动吗？

管它呢，趁着她还能走得动，趁着大姨、大舅等兄弟姐妹还健在，我们要带她回去！看看熟悉的乡音、舌尖上的美食和虽然面貌全非但痕迹犹存的故乡风物，能否唤回她的记忆，能否让她感觉到生活的美好，能否让她在心里和自己的过去有一个和解？

上路与路上

高铁通了，5个小时就能从北京到苏州，再坐一个小时的汽车，就能到家乡常熟，让老妈吃上家乡菜了。

但，带着认知症老妈，就不知有多少关要过：

出发的早上她能起得来吗？天天要9点才醒，醒了还要像小孩子一样，需要哄着才肯起床。

车难打，还得留出富裕的时间等车。

老妈肯定不会用检票机，该怎么才能让她快速安全地通过检票闸口？

5个小时的车程，她烦了怎么办？吃不惯车上的饭怎么办？

想拉屎蹲不下去怎么办……

好在我从来不怕面对不确定性，相信车到山前必有路。

弟弟妹妹有工作要忙，我和阿姨带老妈提前一天走，他们随后赶来护驾。

周三晚上在北师大上完课，我就直接奔老妈家了。早上8点半，叫她起床，用欢快的语气告诉她："今天我们回常熟啰！"

没反应。

"来，把胳膊放到我的脖子上！"我把老妈的两只瘦胳膊放在我的脖子后面，一边念叨着"大吊车来啦"一边用力，把老妈从被窝里拉起来。这是女儿小时候我常和她玩的游戏啊！

东西昨晚已经收拾好了，想在走前让老妈拉一回"粑粑"，免得路上麻烦。我扶她坐在马桶上，为了能让她明白拉屎的意思，我使劲用女儿小时候把她大便的办法，嘴里不断发出"嗯嗯"的声音。但是无论我怎么"嗯嗯"，妈妈还是一脸茫然。拉她起来往马桶里看看，里面一无所有。算了，别勉强她了，车到山前必有路，走着看吧！

打车还算顺利，在车站候车时，老妈有些烦躁，她不明白为什么周围会有那么多人。我一个劲儿和她解释：我们现在是在火车站，我们要坐火车回常熟。这些人和我们一样，都是等火车的。

解释也不明白，唯一的办法是坐在她的边儿上拉着她的手，让她感觉到虽然周围都是陌生人，但有人陪着她呢！

后来她说想上厕所，我大喜。上车前上了厕所，上了火车就会少些麻烦。让阿姨看着东西，我带她去厕所。虽然她不是残疾人，但毕竟已经不能一个人解决问题，所以我直接就把她带进了残疾人厕所。这里宽敞、没人打扰，让她安心解完，帮她擦干净穿好裤子，洗手出来，一切都顺顺当当！

我也是第一次坐高铁，为了检票时不出问题，我特地先到别的进站口"考察"了检票方式和程序，制定了作战方案：进站时，我让阿姨打头阵，然后我把老妈的票插进检票口，推她进去，那边的阿姨负责拉。这方法很管用，反正老妈没被卡住，顺利进站了！

终于开车了，松了一口气。本以为已经很长时间不出门的老妈，好歹也会对高铁有点好奇之心，但实际上，她对什么都没有反应。我一会儿指着窗外，一会儿又拿出 iPad 给她看电影，一会儿告诉她要回老家了，生怕她坐不住闹起脾气。好在一会儿就开饭了，买了梅干菜烧肉的盒饭来吃。老妈显然无法用餐盒中的筷子和勺把饭送进自己嘴里，我只好用勺子把肉切碎，菜和饭拌在一起，一勺勺喂她。

我指望着吃完午饭，老妈好歹能睡一会儿，这样一觉醒来就快到了。谁知她毫无睡意，我只好继续哄她。但局促的环境还是很快让她烦躁起来："走，在这儿干吗呀！"

走，走哪儿？火车上就这么大点儿地，除了厕所，可真是无处可走啊！

那就上趟厕所吧，也算换换环境嘛！

我和她一起挤进狭小的厕所，好在是坐式的，我用湿纸巾清洁了一下，帮她铺上坐垫，完成了上厕所的程序。这一来一回，耗时差不多 10 分钟吧！

终于熬到了苏州，大舅已经派了车子来接我们。老妈也乖乖地听我的摆布，跟我上了车。

车子驶进了常熟，老家当然早已不是老妈记忆中的样子了。作为一个著名的服装城，街上的店铺都与服装有关，不是卖服装的，就是卖服装辅料或缝纫机的。拥挤的街道上，汽车与拉货的三轮车挤成一团。我不断地告诉老妈我们到了哪条路哪条街，还让开车的司机用家乡话和她说，她偶尔会用家乡话重复一下，但大多数时候，她默默地坐在后座上，没有惊喜，没有评论，没有询问，仿佛这个地方和她一点儿关系都没有。

老友与老宅

回家乡之前，我就打电话给小舅，请他帮忙联系一下妈妈的老同学蒋阿姨，让她们能见见面。见到小舅他就告诉我，已经说好了，明天早上九点到方塔公园和老同学们一起喝茶。

真好！以前妈妈总是说，家乡的同学彼此也不怎么来往，但她一回去，大家就会约到一起见面。"她们说，还是你有号召力！"老妈 N 多次颇为自豪地这样说。

到底有哪些同学还健在，我也不知道，只记住了蒋阿姨的名字。

但聚会的时间，显然是根据正常人的作息，我实在无法保证老妈能起得来、出得去，只好告诉蒋阿姨，如果我们不能按时出现，请她们多多担待。

早上八点了，我用最热切的话语喊老妈起床："起来啰，起来啰，上方塔公园哦，去看蒋××哦！"

一点儿都没见老妈激动，好像"方塔""蒋××"都没有唤起她的回忆和情感反应。好在拉她，她还是肯起来。

小舅已经在等我们了。出门后我突发奇想：既然路不是很远，就走着去吧，让老妈在家乡的大街小巷走走，会不会唤起她的记忆？

走过虞山公园，穿到大街后的小巷，我贪婪地感受着家乡的一切，不断地告诉妈妈到了哪里，但妈妈脸上仍然没有表现出惊讶与惊喜，就像往常在大院外面散步一样。

因为要换一家酒店，半路我将她交给小舅，折回去收拾行李。

在九个兄弟姐妹中，妈妈和小舅感情最好，交给小舅我一百个放心。

刚安顿好行李，小舅来电话了："你快来吧，你妈老说要走。"

哦，肯定是她认不出别人，以为自己被丢弃在陌生的地方了！虽然以前总会叨叨"蒋××"，但当蒋××真的就在眼前时，却不知道她是谁了！

我三步并两步赶到方塔公园，才发现来的不仅有蒋阿姨，还有其他三个老同学，其中的林阿姨，是听说我妈要回来，特地从苏州赶来的呢！

我连忙坐在妈妈身边，拉着她的手，告诉她：我们回常熟了，你不是想见同学们吗？她们都来了，这是蒋××阿姨，这是林×阿姨……

妈妈不再闹着要走了，我请阿姨们用家乡话和她说话，尽量一句句地说。果然，妈妈虽然不能主动发问，但居然也能用家乡话重复一两句！

公园的茶室可以提供简单的午餐，蒋阿姨叫了馄饨，我照顾妈妈吃完，然后大家一起在公园中散步。

江南春风和暖，繁花似锦，五个白发老人走在阳光里，是一种别样的风景。蒋阿姨兴致勃勃地告诉我，她们当年都是进步学生，一起读革命书籍，一起闹过罢课，但最后我妈妈去了解放区，她却一直没有离开家乡……

今天，那个离家的人回来了，走在家乡的公园里，旁边是年轻时的伙伴，可谓"少小离家老大回，乡音已改鬓毛衰，同学相见不相识，笑问你从何处来！"

下午，带老妈去大舅家，也算是看看老宅。

老宅在书院街山塘泾岸，一个听名字就很有历史感、文化感的地方。虽然我小时候在那里住过几年，但其实这个名字还是最近还乡才"找"回来的。印象中最深的是一进大门的那口井，清凉清凉的，夏天大人会把西瓜泡在里面。然后穿过一条有点狭窄、阴暗的走道，才到后面种着碧桃、桂花的院落。还有吱吱嘎嘎的木楼梯和一楼外公住的大房子，在我小小的心中充满了神秘感。记得有天深夜，我一觉醒来，发现周围没有人，楼下却传来隐隐约约的声音。我光着脚悄悄地爬到楼梯上，从木板的缝隙中可以看到几乎全家人都聚在楼下，好像有很不好的事情发生。后来长大了，知道外婆曾经因为敢言，而被重新戴上"地主"的帽子，也许那天夜里就是这件事情？

说来伤心，大舅是唯一坚守在陆氏老宅中的后人，但所谓的"老宅"，已经只剩下一个小角落了。老宅是我的曾外祖父在 20 世纪初买下的，有 1000 多平方米。在 21 世纪初的"旧城改造"运动中，政府以极低的价格收走了老宅（之后简单"改造"了一下，转手以高价卖给一家公司。几经转手，如今老宅的身价已经翻了不止 50 倍，我们再也买不回来了）。大舅担心，有一天别人到山塘泾岸找不到陆家，所以在儿子的资助下，买下了老宅一角，也就 100 多平方米，然后按照小时候的印象，种上老宅原有的花木，仿佛那个老家还在老宅角落里"活着"。

老宅在妈妈的心目中留下了什么呢？有没有童年的欢乐？有没有难忘的亲情？有没有青春的爱恋？我仿佛从来没有想过，甚至从来没有好奇过。直到写下这篇文字，我才突然感到，我对妈妈好陌生啊，我所知道的她在老家的生命故事，仿佛就是那几件让她不开心的事情。

外公结婚九年原配未能生育，之后娶了一个二房，也就是我的亲外婆。这个出生在钱塘江纤夫之家的女孩，是作为"陪嫁"和她伺候的有钱人家小姐来到常熟的。很快，一对双胞胎女孩出生了，外公视为掌上明珠。没过多久，我妈妈来到世上，可惜又是一个女孩，虽然外公给她起了"明珠"这样一个名字，但在她的感觉中，自己在家庭中是这样一个人：

穿的永远是两个姐姐穿剩的衣服；

暑假里，姐姐们在桂花树的树荫下放一张床板，泡一杯香茶读书，她却要到闷热的厨房中帮忙做饭……

所以，妈妈对老宅记忆最深的，就是有着姐姐们身影的桂花树，还有外婆和老妈妈（家里的一个帮佣）忙三忙四的厨房？

踏上书院街，拐进山塘泾岸，我自己小时候的记忆蠢蠢欲动，竟然没有关注到妈妈的细微反应！

当然，这已经不是妈妈当年的那个"家"了，并没有了，大院子没有了，吱吱嘎嘎的楼梯没有了，我们只能走进老宅一隅的大舅家，而那个"老宅"大门紧锁，根本进不去了！

妈妈没有激动，没有寻找，没有提问，只是默默地坐在大舅家的客厅里，听着我们和大舅说三说四，像一个自己家中的外人！

常熟与不熟

"文革"期间，因为革命样板戏《沙家浜》，常熟"走向了全国"。记得那时我一说我妈是常熟人，同学就会模仿《沙家浜》里阿庆嫂的台词："哦，你妈是常熟城里有名的美人啊！"

近年来，常熟成了著名的服装城，中央电视台天天播放着广告："江南福地，常来常熟。"

说起来常熟也真算得上是个人杰地灵的地方。这个很特别的地名，据说取自这里年年粮食都丰收之意。常熟不仅有"十里青山半入城"的虞山、姜太公隐居垂钓的尚湖所带来的山水之秀，更有悠长历史留下的人文之采：在虞山脚下，"孔子七十二贤"之一的言子还在受着后人的祭扫；一半在大陆一半在台湾的"富春山居图"，出自常熟人黄公望的笔下；在深深的"状元巷"中，藏着光绪帝师翁同龢的宅院，但我家老宅那块翁同龢题字的大匾"怀橘堂"，却已经被"革命"烈火吞噬了……

家乡无限好，老妈能忆否？

在常熟的四五天中，我始终无法确认老妈是否知道她回到了家乡。如果在家乡的土地上，她仍然感到全然的陌生，仍然不知道自己身处何方，"回乡"就毫无意义了。还好，还好有这样三个片刻，她在真正的意义上"回乡"了：

在方塔公园，老同学们操着家乡话聊天。突然，老妈跟着林阿姨说了一句家乡话。

有次在虞山下散步，走到家乡新修的图书馆前，望着"常熟图书馆"几个大字，老妈似乎恍然大悟，自言自语道："我在常熟啊！"

小表弟结婚，请来许多亲朋好友，也包括我家老宅的邻居们。一个中年妇女来到老妈身边，跟她说："我是'三姑娘'的女儿啊！"

"'三姑娘'？"老妈立刻起身，热情地和对方握手，"你还好吗？"那一刻，虽然也许老妈错把三姑娘的女儿当成了三姑娘，但那份高兴和热情，显然已经连接到了逝去的往昔、逝去的童年。

好吧，也许我应该承认了，"回家"对老妈而言，或许已经变成了一种"形而上"的意义，而不是回到家乡、回到童年生活的地方这样具体的"形而下"的地理位置。甚至，她会在瞬间就已经忘了自己身处何方，"回家"又有何意义？

但，人生难道不是由"瞬间"组成的吗？内心有过回到家乡的"瞬间"，难道和没有完全一样吗？难道这样的"瞬间"不是老妈沙漠般心灵中的一粒金子吗？

馄饨与混沌

4月1日，西方的愚人节，我们启程返京。

为了不耽误乘车，早上八点就把老妈叫了起来，她还算"听话"。

饭店的早餐很丰盛，中式西式都有。

餐厅尽头，几个师傅在忙着煎蛋、煮面。我看到有小馄饨，忽然心里一动，觉得应该给妈妈要一碗。小馄饨是家乡最平常的吃食，皮薄馅嫩汤鲜，极薄的皮捏出褶子在漂着葱花的汤里，就像鱼尾摆动。江南出丝绸，人们就给它起了个名字叫"绉纱馄饨"，很是有点名气。有些游客来常熟，还专门要找地方吃绉纱馄饨。

虽然不知道饭店的馄饨是否是地道家乡味儿，但看上去真的很诱人。怎么着也是家乡人做的啊，多少会有家乡的味道吧？

谁知道一开口，我竟哽咽了："煮一碗小馄饨吧，也许这是我妈妈最后一次吃家乡的馄饨了。"

　　师傅有些惊讶地抬头看看我，再看看我身后坐在桌边的老妈，什么也没说，默默地开始做起来。做好后，亲自送到了我们的桌上。

　　用小勺把馄饨切成两三块，将热热的馄饨汤吹凉，一勺勺地送到妈妈口中。

　　她并不知道这可能就是和家乡最后的告别，也不知道正在吃的是家乡的小馄饨。她内心的一片混沌，让远行少了眷恋，让告别不再悲伤，让目光不会回望……

　　65 年前，18 岁的妈妈离开家乡奔赴苏北解放区。不知道家乡在她年轻的心中是什么模样？有多重的分量？她走得决然还是充满牵挂？

　　今天，她回来了，带着我们不曾知道的童年故事，带着走出家乡时的青春情怀，带着沉在内心深处的家庭记忆，带着无法表达的亲情和友情……

初稿于 2009 年 4 月

07

日之夕矣，老妈怒矣

照顾认知症亲人到底有多难，这是外人很难想象的，它不光需要付出时间和精力，还需要掌握很多知识和技巧——要知道，在人类几千年的文明史上，伴随着高龄化而出现的庞大的认知症群体，那还真是"史无前例"，这意味着人类对它的认识还很有限，对于照顾这类患者的经验还很有限。

为了更好地陪伴老妈，一同渡过这条波涛汹涌充满暗礁的河流，我们不仅要自己"摸着石头"，还要多找一些"石头"，这样才能在水急急、心慌慌时站住脚。

这些"石头"是什么呢？对我来说，就是相关的参考书籍和相关的照护者互助组织。

我在网上发现了一个叫作"助爱之家_关注认知症"的微博群，它应该是在北美的一些从事认知症研究、治疗和照护的专业人士创办的。在这个群里，活跃着许多认知症患者家属，大家常常会分享自己的经验和感受。它也在一段时期内成为我重要的心理支持。

我还在那里发现了一本很有帮助的书，就马上去淘宝买了来。从书名就不难看出它的特点《聪明的照护者：家庭痴呆照护教练书》——书出版于 2011 年，那时人们还习惯性地把认知症叫作"老年痴呆"；第二，"教练书"的意思是，它很实用，就像手把手地教你一样。

这是本非常细致和实用的书，后来我还把它送给了妈妈所在的养老院。

2009 年的五一，照顾妈妈的阿姨请假回家了，我就全天候地照顾了老妈 8 天。这 8 天也让我有机会更深入地了解老妈病情的发展，寻找应对的方法。

果然，我就发现了老妈也有《聪明的照护者》一书中所说的"日落综合征"。

过去在陕北农村插队，每到傍晚扛着锄头往村里走时，都觉得那是一天中最好的时光。《诗经》有曰："……鸡栖于埘。日之夕矣，羊牛下来。"现在可好，日之夕矣，老妈怒矣——每到日落时分，老妈就陷入糟糕的情绪当中，非发一阵脾气不可。如果你不理她，她就叫骂不止，或者使劲地拍桌子拍床。

对于照护者来说，这个时候难免会受到情绪的传染，心情也跟着恶劣起来，至少我自己是这样的。记得一天傍晚，当老妈在发作中骂出"什么玩意"时，我难过地哭了。

好在咱有点心理学知识，也愿意学习，知道这种情绪的变动可能与光线渐暗引起认知症患者内心不安有关，甚至是一种大脑的生化反应，不是她故意要这样。

但是这种情绪能不能控制呢？从行为主义的角度看，当她用发脾气的方式就能得到想要的安抚时，会不会让发脾气这个行为被强化呢？会不会因此她就会对此"上瘾"呢？有没有别的办法，即使不能彻底消除她的不安，但可以让这种发作减少频率或降低强度，至少不会越来越厉害？

第二天一早我想起来，头天因为我太伤心，又不想让自己失控对老妈发脾气，我就对她说："我知道你一到这时候心里就不舒服，你要是想发泄就发泄一下，不过我不想陪着你。"说完我就去了自己的书房。几分钟后，老妈到书房来找我，开始唠唠叨叨地用"AD语*"跟我讲话。虽然我基本上听不懂，但我还是望着她的眼睛，非常专注地听她说话，不时重复一下她说过的话，或者就着她提到的某个人、某件事问个问题（当然都答非所问）。我发现老妈很快平静了下来，20分钟后就乖乖跟着我吃饭去了。

这招儿是否还能再用？当老妈第二天又开始发作时，我决定再试试。不过这次有个不同，就是我不再"认领"老妈的辱骂，"什么玩意"说的不是我，只是她心情恶劣时需要的一个挨骂的东西罢了。当我这样想的时候，至少我情绪稳定了，不会因此伤心委屈。我情绪的稳定，似乎对她也有某种示范作用，她的叫骂声小了很多，发作时间也短了很多。

后来的几天，我竟然发现她越来越少发作，她最热爱的骂人词汇"什么玩意"，说一两声居然就偃旗息鼓了！

---

*作者对认知症母亲与外界交流所用语言的统称，后文中会有详细解释。——编者注

　　我不知道自己的策略是否真的奏效了，但我还是总结了一下去和群里的朋友分享。

　　第一步，我叫它"心理区隔"，就是在患者发作骂人时，一定不要"认领"，可以通过内心对话告诉自己：他／她就是想发泄一下而已，千万别犯傻把他们的气话当真。这一点，可能大家觉得很容易，但对于小时候较少得到患者（父母）肯定、甚至受过伤害的人来说，就会比较难，因为很容易被勾起深层的情绪记忆，所以需要特别有意识地进行区隔。

　　第二步，我称之为"物理区隔"，就是在有安全保障的情况下离开他／她，让他们单独待一会儿。离开之前可以告诉他／她："我知道你觉得有什么事情不对劲，你觉得很难受，很生气，想发火。如果发火能让你安静下来，你就不妨发发火，但是我不想在这里听你发火，所以我会离开一下。"这样说，首先没有否定他们的感觉，甚至肯定他们难受是正常的。认知症患者感到自己对生活失去了控制，会有很多挫败感、焦虑感和恐惧感，愤怒其实是由这些感觉转化而来的。心理学上有句话，叫"愤怒不是第一感受"，因为愤怒之前他们已经感受到了别的，但是没法处理，愤怒可以让人把这些自己的感觉转移到替罪羊身上。另外，告诉他／她你要离开一会儿，这也是让他们对自己的情绪负责（尽管他们在退化，但我至少在我老妈身上发现，她其实并非什么都不明白，只是她想把自己当那个需要哄的孩子，那样会让她感觉好一些），并且暗示他们除了发火，他／她还有别的选择。

　　第三步，就是"积极倾听"了吧。当他／她平静下来，给他们机会去说（我觉得对我老妈来说，黏着我说"AD语"是让她能感觉到"活着"的主要方式）。听他们说的时候，一定要用心，看着对方，并做出一些回应，比如重复他们的话、问问题等，不管对方说的是什么，都不否定他／她，不去较真儿，全然地接纳。这种接纳也许对认知症患者来说，具有一种独特的镇静作用，可以帮你和对方从区隔重新走向融合。

"隔"与"融"两个字，有一半儿是一样的——"鬲"是一种古代炊具，形状像鼎而足部中空——或许就是说，照护者需要很大、很大的心理空间，去接纳认知症患者吧。

我知道这只是我个人的一点经验。每个生命都是不同的，我的经验也许对你们的亲人并不管用。也许随着我老妈的病情进一步恶化，它也不再灵验。反正照护我们患有认知症的亲人，就是逢山开路、遇水搭桥，碰到难处，大家相互交流吧！

初稿于 2013 年 5 月 8 日

08

太阳，每天都是新的

前几天，妈妈住在我的家里，我每天带她在小区中散步。为了让她能感知到环境的丰富，我会带她走不同的路，这样可以看到不同颜色的花，看到不同形态的树。

走累了，她说"带我回家"。

带她回到我的家，她还说"带我回家"。

回到她自己的家里，那个她已经住了 50 多年的大院、住了 20 多年的房子，她还是说："你带我回家。"

今年春天，我们还带老妈回了故乡，但在那里，她仍然会说"带我回家"。

哪里才是老妈的"家"呢？

生活在古希腊的赫拉克利特曾经说"太阳每天都是新的"，这简直让我怀疑古希腊就出现了认知症。因为对认知症患者来说，不仅每天早上醒来太阳都是新的，大概睁眼看到的一切都是新的吧？围在身边的儿女或老伴，是从来不认识的新人；房间里的东西，是不知道谁弄来的新鲜玩意；出去溜个圈儿，哪怕走过一百八十遍，都跟到了另一个国家似的，如果还不是到了另一个星球的话。想一想，这样的生活，像不像每天都是世纪大探险？需要多强的心理素质才能面对每天的新太阳？

开始，我们都以为那个"家"是特指的，是物理学意义上的，后来才慢慢明白，也许"家"是一种心理性的存在，是让她感到熟悉和安全的所在，是那个与"新"、与"陌生"对立的东西。

带老妈散步回来，我写下了下面这首题为《回家》的诗：

起风了
　　在黄昏的惆怅中
我本想
　　在余霞燃尽前
再唱一阕
　　嘹亮的歌
可是你说
　　回家吧，回家

哪里是你的家呢，老妈
　　是童年的桂花树下
　　还是燃烧激情的南下途中
　　是异国他乡的羁旅
　　还是铅华落尽，收容你的大院小屋

你两眼空茫
　　　双脚踟蹰
只是把我的手
　　　拉得生疼，生疼

哦，好吧，
　　　我们回家
太阳都会熄灭
　　　何况这流萤般的人生

让我们
　　　回到母亲温暖的子宫
　　　回到开天辟地的鸿蒙
　　　回到大爆炸处的奇点
　　　回到宇宙原初的虚空

那里没有光
　　　也就没有影子
那里没有风
　　　也就没有云霞
那里没有声音
　　　也就没有歌唱
那里没有色彩

也就没有花开

那是你的家吗，老妈

如果物质湮灭了

爱就获得了自由飞翔的力量

那就让我们一起

回家吧，回家！

我把这首诗分享到"助爱之家"微博群里，收到了好多"同病相怜"的群友回复：

"卯月小雨"说：回家！我老妈现在到哪儿都说回家，回家找妈妈是她最积极的事。

"津有游女"说：回家！是啊，我老妈也经常这么说，她最经常的举动就是收拾包袱，大的小的，包括被子卷起来也说要带回家，有几次真的是大包小包的拎了走，好在周围邻居都认识她，把她给劝回来了。处处无家处处家，我现在也不知道是让她记得好，还是忘了好。

"我的影子我的妈"回复"津有游女"说：我妈以前也这样，现在都忘了……

"子诺妈咪"说：我终于聪明了，妈妈老是闹着回家乡，为此我几次无奈地给家乡的舅舅和外地的弟弟打电话，让他们在电话里劝母亲，一般需要长途半小时才能平息这样的闹。前天她又重提此事，我说这就是你的家乡啊，这么多年，家乡变化了，盖起了大楼房，你就住在家乡呢！然后就领着她一起唱起"小燕子穿花衣……"

　　这些分享与回应，让我们彼此温暖着，在陪伴亲人的路上一边趔趄，一边抹泪，一边前行。

2013 年 5 月 10 日晨初稿

5 月 12 日母亲节修改

09

巴黎，你最喜欢的地方是睡觉

照顾妈妈的阿姨，自己的老妈病了，我们不能不让她回家看看。一个人若连她的老妈都不爱，很难想象她如何去照顾一个非亲非故的老人。

阿姨走了，老妈就成了我的影子。

她的日常生活，由十件大事构成：穿衣/起床、晨间洗漱、吃饭、喝水、量血压、吃药、小便/大便、洗澡、晚间洗漱、脱衣/上床。

因为大脑的衰退，这十件大事，她都需要在别人的帮助下完成。

没有关系，我们有足够的时间来完成这些满足生命基本需要的大事——老妈每天睡11个小时，还有13个小时可以利用。

在这些日子里，我学会了两件事：一个叫作"轻"，一个叫作"慢"，合起来就是要"轻慢"地对待老妈！给老妈穿衣，要轻手轻脚；上完厕所冲水，要等她离开之后，否则轰隆的水声会吓着她；睡前关窗关门，要无声无息，免得把她惊醒；耐心地等待她上厕所，用最琐碎的步子和她一起散步。总之是任何行动要与她合拍，而不是要让她服从我的节奏，还得轻得不至于惊吓到她。

可是，即便调整到了平常十分之一的速度，也不可能把这13个小时填满。

曾经很为自己的高数成绩骄傲的老妈，现在已经不能读书、不能看报，连五光十色的影像，都不再能吸引她的注意力。虽然老妈的一生多数时间都在和文字打交道，但她其实并不怎么喜欢阅读和写作（她本应该和她的几个姐妹一样，成为一个理工女的），认知症更是夺去了她基本的书写能力。最最要命的，是她的思维和表达能力在同步退化，新的信息进入大脑后瞬间就会被"擦除"，过往的信息也很难被有效地加工，甚至无法形成有意义的句子来表达复杂一些的想法，于是，她开始说一种我们无法理解的语言（我称之为 AD 语），其特点是支离破碎，逻辑混乱，声音微弱。结果，在大段的空闲时间里，我们连聊天都很难进行！

就这样，空闲变成了空白，空白带来了空虚，空虚造成越来越多的空洞，有专家为它起了个名字：精神荒芜。

我的精神荒芜的老妈跟着我，充满恐惧不安地跟着我，无时无刻不跟着我，我猜，她在潜意识中（我相信在这个阶段还会有潜意识活动）想让我在荒芜之上为她"栽花种草"，好让她感觉到自己"活着"——活着，不仅是肉体存在着，还要有所谓的"存在感"——感觉到自己与这个世界是有联系的。

我知道这荒芜之上已经不能长出花草。没有外界的信息作为养分，没有认知能力作为催化剂，即使撒下了种，又怎么可能长出新东西来呢？

但在这荒芜之下，到底埋藏了什么？没有花朵，会不会还有苔藓地衣？没有绿叶，会不会还有未枯死的根须？也许，我能从听不懂的 AD 语中，发现她生命中宝贵的点滴？或者在她不可理喻的行为中，发现内心情感的蛛丝马迹？

每天，我拉着老妈的手，像两个游魂一样在小区中游荡。低头看到路边花圃中新开的花朵，我感动于大自然之美；抬头看到巴掌一样大的梧桐树叶一天比一天宽阔，我对生长的力量充满惊奇。我总是很兴奋地把我的发现指给老妈看，但她没有惊奇，亦没有欣喜，一脸不为所动的木然，仿佛生命的美丽，已然与她无关。

晚上，在灯下，我拿出 iPad 或者纸张蜡笔，希望她能随意涂鸦，去发现创作的乐趣。但她迟疑再迟疑，即使把笔握在手里，也迟迟不肯落下。偶尔划拉了一两笔，我看到些微的惊讶像青萍之末的风一样快速地从她脸上掠过，迅速消失在皱纹间。然后，她又像雕塑般僵在那里，不管我怎样说"妈妈，你看，这是你画的，真漂亮"，她都少有再次尝试的动力。

我主动地"刺探"，希望能用自己的好奇，打开她记忆的仓库。但我们两个，一个好像莫西干人，一个仿佛说的是斯瓦希里语：

巴黎你最喜欢什么地方啊？

睡觉。

你喜欢日内瓦还是巴黎？

第一次嘛，大姐也不知道跑哪儿去了。

你觉得云南怎么样？

里面有很多材料，学生。

什么样的学生？

写得漂亮。

谁写得漂亮？

猪肉。

哪儿来的猪肉？

有的老师说"知识分子……"（笑）

知识分子怎么了？

一条条的。

一条条的什么？

把他……跟着念书……偷着走……

去哪里？

（她不耐烦了）这不都是新买的嘛（指着远处）……

我隐隐约约可以感觉到，在"大姐""材料""偷着走""学生""漂亮""知识分子"这些词语的砖块之下，埋藏着老妈的过去，但她已经失去了人生的图纸，无法把它们联结起来，变成有意义的东西了。

即便如此，我还是"打捞"到一句清醒的话。那是我们在小区里游荡的时候，或许我的耐心和树荫下的宁静让她感觉到了一种放松，她突然喃喃地说："我怎么办呢？"

唉，我的老妈，你总算用"我"开头说了一句话，让我听到了你心底的困惑，虽然你的声音微弱到像是一声叹息。（我的老妈几乎从来不用"我"开头说话，她最喜欢说的是"他们那些人""一般来说"。哪怕你问她吃饱了没有，她也不会说"我吃饱了"，"我还想要点儿"，而是说"谁知道那些人……"。不会用"我信息"，是认知症患者的特征吗？还是老妈长期与自己的感受隔绝形成的？）

我清楚地听到了这句"我怎么办呢"，听到了她的无措和担忧，在那个无措和担忧下面，仿佛还有一丝丝的期待：我的生活我还能做主吗？对老妈来说，她的外部世界已经一片混乱，她的内心世界也破碎到不能思考，无法表达，这该是何等的恐怖啊！

老妈，你是说你不知道该怎么办吗？你知道你生病了吗？

感冒。

老妈居然听懂了生病！

不是感冒，是你的大脑有些退化了（我字斟句酌，不希望伤了她的自尊心）。

胡说，我的脑子好着呢！

她居然又听懂了。但接下来，她说出的是：

中央人民政府……

唉！

即便这样，我也仍然相信老妈的内心并非一片空白，她还有情感活动和思维活动。有下面的事情为证：

那天，我因为听她的 AD 语唠叨实在听累了，天气又热，不能出去游荡。长日难挨，总得找点事情做。于是我想让她和我一起看电影。知道她的注意力很容易分散，我就选了一个我以为比较容易理解的、感情色彩强烈的动物片《忠犬八公》。

当然，和老妈看电影是不能光看的，因为你投入进去看，就意味着把她晾到一边了，所以我总是边看边说：

老妈，听舅舅说，你家也养过一条狗，好像叫"虎子"？

那，那……

你家的狗有电影里的这条漂亮吗？

（沉默）……

日本人来的时候，你们去逃难，那只狗一直守着家，你们都不知道它是怎么活下来的……

爸爸，妈妈……

无疑，那个关于狗的问题把老妈带回了童年，但是她却无法表达出更多复杂的想法和感受，比如爸爸妈妈喜欢那只狗吗？她喜欢那只狗吗？当那只狗在祖父的棺材前不吃不喝活活把自己饿死时，又给她带来怎样的感受？

没有几分钟，老妈就从沙发上起身，开始在屋里转圈。我知道，她已经开始烦躁了，只好按下"暂停"，和她一起转圈，直到她平静下来，才拉着她重新坐回沙发上。

我没有计算，到底按了多少次"暂停"才把电影看完。到最后，那只叫"八公"的秋田犬，终于再也等不来它已过世十年的主人，死在火车站外的花坛上。看到这个结局，我哭得一塌糊涂。这时，老妈静静地、静静地坐在我身边，我就在她安静的陪伴下，抽泣着一直把片尾的音乐听完。

足足有十分钟吧，老妈没有动，没有说话，但我能感觉到，她明白我在伤心（虽然我想她并不知道我为什么伤心），所以不想打搅我。

如果说，这是一个孤例，那么每天散步时老妈对小孩的反应，就是另一个老妈内心还有情感存在的证明了。

长这么大，我从未听到老妈对我叫过什么小名、爱称，也不记得老妈何时用过"肉麻"的语言说话。我甚至都觉得，别说表达爱意，就是表达喜欢，对老妈来说也是件难事儿。但这个貌似没有情感反应的老妈，现在见了小孩（主要是小小孩），竟然变成了一个慈祥的老婆婆。常常是，远远地出现了一个孩子，她呆滞的眼神就开始有了光彩，并且像被磁铁吸住了一样，盯住人家不放。待走近了，她会弯下腰，满脸笑容，用嗲得不能再嗲的声音叫："你好，宝宝呀！"这时，那些小孩旁边的大人往往会说："叫奶奶！"得到了一声回报的老妈，脸上就会笑成一朵花，有时还会转过头去，痴痴地用眼神跟着那个擦肩而过的孩子。

每每看到这样的景象，我就会想，老妈喜欢小孩，也应该喜欢小时候的我吧？如果对小孩的喜爱是人的本能，那毫无疑问，老妈也一定用这样的方式表达过她对我的爱吧？如果没有从一岁多开始的分离，我也许更能确认这份爱吧？

或许，我还可以从老妈的负面情绪中证明她情感与思维的存在。

白天天气好的时候，老妈会被我们陪着在外"放牧"。到了傍晚，陪伴她的人要忙着烧饭，或许就让她有了时间，对渐渐昏暗下去的世界变得敏感起来。房间里没有树影婆娑，却有电视的光影闪烁。也许这种晦暗不明，会让她像原始人一样，产生一种本能的不安和恐惧？

老妈本是个一辈子要强的人，从来不会示弱，患了认知症，更让她不知道如何表达自己的内心。对她来说，将不安与恐惧转化为愤怒，真是顺理成章、水到渠成的事情，这样至少内心的脆弱被巧妙地掩盖起来，她还可以表现得那么"强大"。

好吧，老妈会愤怒，说明她内心深处有不安、有恐惧、有委屈，她内心并非空白一片、死水一潭。她的情感系统还在运作，她还不断地有感受、有想法产生，就像水泡从深潭中冒出来一样，只是，只是她没有能力把它们清晰、完整地表现出来了。

那我，干吗非要去弄明白，老妈现在的内心世界究竟是怎样的，她是否还会有情感反应，她还能不能思考，哪怕是碎片化的思考？

我知道认知症是一种病，患病的人会出现记忆障碍、认知功能障碍、语言障碍，到了晚期甚至会退化到只剩下原始反应。一个学心理学的学生，在安定医院看到一个认知症晚期患者，抱着洋娃娃蜷缩在病床上，已然退回到婴儿状态。这样一个场景，足以震撼人心。

但认知症的病程是渐进的，即便老妈的记忆、思维、情感反应、表达能力在一步步退化，即便她的精神荒芜到只剩下苔藓地衣，我也想让它保持湿润。我想，这是她的存在感最后的依靠吧？

　　作为奥斯维辛集中营的幸存者，意大利人普里莫·莱维在《被淹没与被拯救的》一书中讲到他一边做苦役一边背诵但丁的诗句，甚至愿意用自己的汤和面包去换取被遗忘的结尾，因为"它们有可能让我重建与过去的联系，从遗忘中拯救我的过去，并强化自我认识"。他还说，"接受言语的丧失，这是一个不祥的征兆，它意味着彻底冷漠的来临"。

　　观察老妈，对话老妈，就是我的打捞与浇灌，虽然认知症凶猛，并终将成为胜者，但在此之前，我不想把老妈当作非人化的存在，当作一个只会吃喝拉撒的动物。

　　也许，更深的动机是，我仍然幻想着，依靠这最后一点儿存在感，依靠仅存的感受力，能让老妈感觉到自己是被爱的。如果她能够感觉到爱的温暖，她冻结在童年心理伤痛中的心，不知道会不会暖和起来、柔软起来？若她离开这个世界时，感觉到的是温暖不是冰冷，她留给我们的即便不是微笑，只是一张安详的脸庞，那也会让我们感到安慰和祝福！

初稿于 2013 年 4 月至 6 月

10

一个糊涂女人的来信

放暑假，阿姨小杨的女儿从老家来北京看妈妈，一来解母女思念之苦，二来也可以开眼界长见识。我们也为此花了一些心思：我带她到国家大剧院看了话剧《打不开的门》，妹妹让她到自己的办公室实习了一下，对什么是职场有个切身的了解。弟弟和弟媳他们查阅了博物馆的资料，建议她多去博物馆走走看看。

昨天天阴，一扫多日来的暑热，阿姨和女儿决定去丰台的园博园。一早弟媳先去妈妈那里"值班"，但她下午有事，所以我中午回妈妈家"接班"，不耽误弟媳的事情又可以让阿姨和女儿在外面多玩一会儿。

下午三点，带老妈下楼散步，走到公主坟再走回来。这段路说长不长，说短不短，拉着妈妈的手慢慢走，来回一个半小时。

可是回家后到吃晚饭，至少还有一个半小时。和妈妈前言不搭后语地聊了会儿天后，我想不出什么招儿了，两人开始无所事事。这时，老妈又进入情绪状态了，她带着不耐烦的语气命令我："快点吧，回家！"

当然，我知道老妈现在已经是"处处无家"了，不是没有收留她的地方，而是到哪里都感到陌生，感到不在自己家里。

没办法，继续瞎扯："回家你最想看到谁啊？"

"钱媛。"（老妈是用家乡话说的，我听清了姓钱，没有听清名，姑且这样写。）

我忽然想起前两天和一个朋友见面时，她说她已经去世的父亲也是认知症患者，他们曾经在一个大本子上，一起用父亲的口吻给很多亲友写信，又用亲友的口吻给父亲回信，父亲常常会抱着大本子看上好几个小时。

要不，就试试这招儿吧？

我找来一个大本子，写下："亲爱的钱媛"。我没指望妈妈能真的"写"信，我知道她已经基本丧失了这个能力，但我还是巴望提起家乡，提起往事，提起故人，妈妈说不定还能自然地"出口成章"。

显然我又估计过高了，妈妈根本就无法把这封信接着口述下去。

好在，我还听妈妈讲过一点儿她和钱媛的故事，于是我就写一句问她一句，虽然她既不说"是"，也不说"不是"。

亲爱的钱媛：

　　我是你小学时的好朋友陆明珠，我们已经好久好久没有见面了，我很想念你，不知道你近来怎么样？身体还好吧？

我常常想起小时候我们在一起的时光，每天下课，我都会到你们家去，和你一起做功课，你还记得吗？

后来我走了，到解放区去了，又参加三千里行军解放大西南。我在云南工作了一段，再后来去了重庆，最后我调到新华社工作，做了新华社驻外记者，到国外工作，去过日内瓦、巴黎。

我知道你后来做了小学教师，结了婚，一直在家乡工作。上次我回家乡没有见到你，真是很遗憾。希望下次回家乡我们能见个面。多多保重！

陆明珠

2013 年 8 月 27 日

接着，我又用钱媛的口吻给妈妈写了回信：

亲爱的明珠：

我是钱媛。接到你的信，我太高兴了！很多年没有见到你，你身体好吗？我们年纪大了，一定要多多注意身体！

想起小时候，一放学你就会到我家来，咱俩一起做功课。你的数学是第一流的。（我念到这里妈妈露出得意的神色，那是她永远的骄傲。）有时我们还一起吃好吃的。（我问妈妈，钱媛的父母喜欢不喜欢你？老妈又说"一般来说……"，然后哼哼唧唧地说，她爸她妈不管我们。）

家乡变化很大，成了全国著名的服装城。你一定在电视上看过波司登羽绒服的广告，那就是我们常熟出的。

下次我给你寄点儿家乡马永斋熏鱼、毛豆干、肉松，你一定会非常喜欢吃。（嘻嘻，幸亏我们四月带老妈回了家乡，还知道有个"马永斋"熟食店，这会儿派上用场了！）

希望下次你回家乡我们能好好聚聚，在方塔公园喝茶（我念到这里时，妈妈笑了），去山塘泾岸（妈妈家老宅所在地。我问她钱媛家在哪里，她说不是山塘泾岸，我又问她："是状元巷？"她摇头。"是书院街？"她重复了一下："书院街。"我无法判断"是还是不是"）寻找我们童年的足迹。

钱媛

2013 年 8 月 27 日

去信和回信的日期，究竟该写哪天呢？我想了想，反正都是假的，所以就都写了当天的日子，我想，应该给这样假想的通信取个名字，比如戏仿茨威格的《一个陌生女人的来信》，就叫《一个糊涂女人的来信》？

至于对方会怎样称呼妈妈，我也一再求证，我问妈妈钱媛是叫她"陆明珠"，还是她的小名"小潼"，或者还有什么昵称和外号？但所有的问话，妈妈一概回答"一般来说……"，我专心地等她说出"来说"的是什么，可是她就没有下文了，所以我只好选择比较保险的称呼。

离开妈妈家的时候，我故意没有收起这个大本子，我希望她也会像那个朋友的爸爸一样，没事的时候就翻开看看。不过我很怀疑妈妈是否会看，可能我这样做已经太晚了，因为她的认字能力似乎也没有保留多少了！

不管怎样，我还是会写，以外公的口气写，以外婆的口气写，以大姨的口气写，相信这些信还是能让妈妈感到温暖、安慰、被人关心关注吧！

（但最后，我没把和妈妈玩的写信游戏继续下去，也许是我觉得这个游戏已经超过妈妈现在拥有的能力了，与其说是在和她玩，不如说是我在和自己玩，是我自己安慰自己吧。）

初稿于 2013 年 8 月 27 日

11

妈，对不起，我要逃跑了

本打算吃完晚饭，伺候妈妈睡了再悄悄回自己家的，但下午四点多，我突然不想再留在妈妈家了，心里有一种强烈的逃离冲动。

阿姨劝我吃了晚饭再走，我说我想回家，我觉得在这里我只能耗着，不能读书不能写作，让我心烦。

阿姨说，你已经很有成就了……

我听了更加生气。这和成就有什么关系？我只是喜欢和习惯了读书写作而已，它们只是我的一种生活方式。现在，为了老妈，我常常得放弃我喜欢的生活方式。有时候，我甚至觉得我的精神生命可能也要荒芜了。

这种挣扎和痛苦，阿姨是无法理解的。

我怕的其实不是陪着老妈，而是怕"耗着"，什么也不做地耗着，让时间，宝贵的时间，宝贵的生命，就这么一点点地耗尽。

跟阿姨说好，一起带妈下楼散步，我借着要上银行和她们分了手。虽然老妈不断地望向我，那眼神分明在说"你要去哪儿？"我还是硬着心肠走掉了。

我怎么了？我为什么突然产生了这么大的情绪？

我知道那两个委屈仍在，我仍然无法超越它们，我仍然期待老妈能理解我的不易，能不再对我发脾气。

是的，她总是想用她的脾气让我们内疚，让我们顺从，好像在这个家里，只有她一个人是有权力生气的。在她患病前是如此，在患病后也是如此。

而"逃跑"，可能也是我处理不了自己的情绪时一贯的应对模式吧。

其实，我来的时候是做好了准备，用一整天的时间来陪妈妈的。

从我自己家到妈妈家，单程一个半小时。为了节省时间（在我看来就是节省生命，毕竟我也进入晚年了），我会尽量在需要外出那天去妈妈家。

前天晚上妹妹约我一起看老舍的话剧《离婚》。看完话剧我直接回妈妈家。妈妈和阿姨都睡了，我悄悄地开门、洗漱，她们一点儿都不知道。

清晨，下了雨。恼人的暑热终于过去了。在微信上看到一条消息：玉渊潭公园出现了穿绿马甲的大黄鸭。我动了带妈妈去看的念头。

有我照看老妈，阿姨就可以去买菜。她走后，我也带着老妈下楼。

真是天助我也，一下楼，就看见来了一辆出租车。我拉着老妈的手快步走过去上车，直奔玉渊潭西门而去。我打算和去年一样，带老妈从西门走到南门。如果老妈累了，出了南门再打一辆车回家。

一进公园就看见那只山寨版的大黄鸭，穿着绿马甲，后面还跟着一串绿鸭蛋。说实在的，这个创意很一般吧，还容易让人说侵权。

我拉着老妈走到湖边，她对这只"崛起"在湖面上的大黄鸭一点儿没表现出兴奋之情，公园里的绿柳红花和清新的空气，也没有让她小小振奋一下。我不免有些失望。

拉着她的手在湖边慢慢地、慢慢地走，我不时低下头来听听她说些什么，再装作听懂了回应几句。但只要一看到小孩子（都是老人带着的），她就会冲着孩子笑起来，还一个劲儿地和孩子说"你好"。所以，我边走边努力地搜索，看看哪边儿有小孩，简直就像个人贩子。

公园里大多是我的同龄人，有的比我大一些，有的看上去比我小一些，他们扎堆唱歌、跳舞、踢毽、打球，一派勃勃生机。

看到人们能这样投入地享受生活，我挺感动的。再看看身边拉着的妈妈，我也挺遗憾的。妈妈不喜欢交往，不喜欢运动，不喜欢娱乐，所以虽然这欢乐的人群近在咫尺，但是她从来都只是看客。要是她也能在这些活动中，找到一样自己喜欢的投入进去；要是她也能在人群中，新结识几个朋友，她的晚年生活会不会是另外一个样子呢？会不会就得不了认知症呢？

看到几个女人在玩一种我不知道的游戏，用两个棍子将一个结着花的胶棒转来转去的，我忍不住停下来问她们是什么。她们说这游戏叫打花棒，说着就给我示范起来。我把书包给妈妈，也动手试了试，果然也把花棒转了起来。那个女人热情地把花棒递到妈妈手里，说"我们这儿好几个 80 岁老人呢"，老妈把花棒拿在手里，虽然没有尝试，但有人和她说话，她还是高兴地笑了。

回到家都十一点多了，没想到我们走了两个小时，也真够她累的了。我赶紧给她换上拖鞋，让她躺在床上，给她轻轻地按摩了一下双腿。

吃完午饭，又是漫长的下午。为了打发时间，我先是给她洗了澡，希望她能放松下来睡会儿，但她打了一下盹就醒了。

上午在公园外面碰上卖莲蓬的，我想她小时候肯定剥过莲蓬吧，不如买一把回家，说不定她能剥上一阵子呢。

但妈妈对莲蓬碰都不碰一下。好吧，你不剥我就来剥，反正也得待在她身边。

我和阿姨一左一右地坐在妈妈身边剥莲蓬。阿姨忍不住和我聊起她的女儿，我也忍不住想贡献一点意见，于是妈妈感觉到被冷落了。

"走，快走！"妈妈生气地站起来。

"走哪儿啊？"我问她。

"一会儿这样，一会儿那样！"妈妈气哼哼起来。

我知道她的意思是在指责我们要她"一会儿这样，一会儿那样"，让她无所适从。有些时候，她闹别扭使事情无法进行时

（比如不能洗澡），我们会说"那就这样吧！"但是"那样"也进行不下去时，我们也会再想办法。从来不愿意听命于人的妈妈，现在却要按照我们的"指示"才能顺利地完成洗脸、刷牙、洗澡、吃饭等日常事务，那种不能自我把控的感觉会让她感到愤怒。"一会儿这样，一会儿那样"，就是在表示她的愤怒。

她开始拍门、拍床，表达她的不满。

虽然知道她是病人，这是她病态的表现，但我心里的火苗还是噌地点着了。我心里在说："我牺牲了自己的生活来陪你，你一点儿都不知道珍惜！"

委屈在我心里翻腾，吸去了我的能量。突然一下，我就觉得兴味索然，情绪低落，再也不想在妈妈身边待着了⋯⋯

我不知道自己何时才能超越这个委屈。我仿佛可以听见无数的人这样教育我：

她是病人，你不能把她当成正常人来对待。

她是你妈，她生了你、养了你，现在她生了病，你应该放下一切来陪她。

她还能活多久啊，你的日子长着呢，有什么放不下的？

我讨厌这些貌似正确的声音。我不是圣人，我受不了这种没事找事、假装耐心、鸡对鸭讲、没完没了的陪伴了。我想阅读，我想写作，我想备课，我想有精神上的交流⋯⋯为什么我要为一个精神上已经荒芜的人牺牲我的创造力？

委屈，真的很委屈。

为什么不把她送老人院？一个星期去看望两三个小时，肯定在护理人员眼睛里就算得上是个"孝顺孩子"了。

但只有贴身地照顾过认知症患者，你才知道他们有多少无法表达的需要。进了老人院，她要尿了能找到马桶吗？她不会刷牙了，有人能给她示范吗？她半夜起来有人能哄她再睡吗？看着老妈望着我的眼睛，我知道虽然她常常会把我当作"妈"，当作"大姐"，但还是知道我们是一家人。离开了自家人，她会不会觉得被抛弃在一个完全陌生的世界上？

我原来一直想，等到妈妈认不出我们了就把她送老人院吧，那时她可能也不会难过，反正认不出了嘛。但实际上，她是一会儿清楚一会儿糊涂，而且自家人和非自家人，她还是有感觉的。尽管阿姨已经照顾她好几年了，也很用心，但旁人（比如阿姨的女儿）还是可以看出，我们在身边的时候，妈妈的情绪会更好些。

也许，也许这就是我的功课吧，不知道哪一天，我真能修炼到放下自己的委屈，全心全意地给她当好"妈妈"。

初稿于 2013 年 9 月 7 日

12

我和老妈终于有了"肌肤之亲"

很困，一夜未眠，惦记着在旧金山拖着行李转机的女儿，担心她略微超重的行李是否会被"严格"的美国人卡住，担心两个小时的转机时间，她是否来得及把行李从国际航班取出再办理好国内航班的托运……睁眼到快凌晨三点，距离下一个航班起飞大约只剩下20多分钟时，终于收到了她的短信："已到登机口，安心。"

是的，我该安心了，可以安心地去睡了，但偏偏睡意不知道跑到哪里去了。我从床上起来，把女儿的被套扔到洗衣机里，重新上床，辗转反侧了好久总算迷糊着了。

六点半醒来，起身。七点过，收到女儿短信，已经到纽约纽瓦克机场，和她的表哥胜利会师了。

早饭后，我和先生这对刚刚空巢的父母，立刻像调频收音机一样，从为人父母转换到身为人子的频道，奔赴自己父母家中。

我们先去了女儿爷爷家。为了让我们多一点儿和女儿相处的时间，先生的妹妹在此"值班"已经半月有余，先生要去替换她了。

之后留下先生照顾他的父亲，我一个人顶着太阳往妈妈家赶。阿姨的女儿今天走，我希望多给她们母女一点儿相处的时间。我刚刚送走自己的女儿，虽说不是撕心裂肺，也是难舍难分，咱们将心比心吧。

到家，拉着妈妈的手坐在沙发上，"聊天"，也就是听她用AD语唠叨。听，就全心全意地听，偶尔我会插进一些提问，让她感觉到我关注着她，对她说的有兴趣。就这么聊了40多分钟，相当于一节课的时间。如果有别人在场，一定觉得我们母女两个聊得很起劲，殊不知，我完全听不懂她在说什么啊！

午饭后，阿姨和女儿出去买东西了，我陪着老妈。老妈通常是不睡午觉的，但是今天我觉得我需要睡午觉，且一部分的心还在女儿的身上，要继续听老妈讲AD语，有点心理疲劳，听不进去了。

但是，如果我自顾自睡去，没人去关注老妈，她肯定就会不高兴，就会发脾气，我也睡不成。怎么办？

既然她最需要的就是感到有人关注她，那我就想个办法，能让她在关注中安静下来吧！

于是哄她上床，在床头垫好靠垫，让她半坐半躺，发给她半份《新京报》，然后我在另一头放好枕头躺下，拿起另外半份报纸，我告诉她："现在是看报时间（做了一辈子新闻工作，看报是她多年的习惯），咱们看看今天都有什么新闻发生。"

当然这是哄不住她的，因为她已经退化到虽然还能"认得几个字"（借台湾作家张大春的书名），但无法理解这些字词之间的关系，也就无法理解句子的含义，因此也不可能读懂报上的文章了。

在这张她平时睡的单人床上，我选择和她对头躺着，不光是因为床的尺寸小，我还"别有用心"：这样我可以触摸到她的腿，可以轻轻地抚摸和拍打她，好让她感到安心，不会"闹"。

我就这么轻轻地摸着妈妈消瘦的脚踝，每当她发出一些声音表示烦躁时，我就会改为有节奏地拍打，就像女儿小时候哄她入睡时一样，只不过那时候是把女儿抱在怀里，轻轻地拍着她的后背。

妈妈真的就安静下来，不再出声。我悄悄抬头去看，发现她已经睡着了。

我也放下报纸，希望能睡十分钟八分钟，但是，但是我就是睡不着。这些天来睡眠一直不好，也许这是与女儿分离的身心反应吧！

几天前，特地带即将出国留学的女儿回爷爷家和外婆家告别。我们心里都知道，这一别也许还能相见，也许就见不到了！女儿和外婆告别时，突然伸出右手，轻轻地抚摸外婆的脸颊，瞬间眼泪哗哗流下。外婆似乎有些明白又有些不明白，她喃喃地说："都是这样，我也是一个人在外面……"

看到女儿抚摸外婆的这个温柔的动作，我也流下泪来。但除了离情与伤别，我心里还有更复杂的感受。

我不曾记得妈妈对我有过这样亲密的爱抚。拥抱？亲吻？摸摸我的脑袋？搂搂我的肩膀？拍拍我的背？好像都不曾有过，至少在我的记忆里没有。

当然，她肯定是抱过我的，有小时候的照片为证。那是在重庆，我不到一岁的时候，而且照片上的妈妈是笑的。

妈妈抱着不满周岁的我。

一岁零九个月的时候，爸爸妈妈调北京进外交学院学习，准备将来出国工作。我被送到了外婆家。快五岁的时候，父母将我接回北京，送进幼儿园。还没等我和他们"混熟"，他们就消失不见了——他们背负着重任，去到那些对他们而言遥远而陌生的国度工作了。于是，我成了真正"全托"的孩子：不仅晚上住在幼儿园里，而且周末和节假日其他小朋友回家的日子，我也都待在幼儿园里。

等到我 10 岁时妈妈回国生妹妹，她已经变成一个陌生人：她穿着从国外买回的无袖连衣裙，烫着一头卷发，和当时国内提倡的"艰苦朴素"作风差得十万八千里，我甚至羞于和她走在一起。

接下来是"四清""文革""上山下乡""五七干校"，一家人在社会的动荡中惶惶不安，离多聚少。插队时妈妈写给我的信，基本上都是嘱咐我"好好接受贫下中农再教育"，像《人民日报》社论一样，不带私人感情。

我长大了，自然不再像小孩一样渴望妈妈温情的拥抱和触摸，但内心深处，我猜这份渴望就像长明火一样不曾熄灭。哪个孩子不渴望得到妈妈的爱呢？而温柔的触抚，正是这爱最自然最真挚的表达。

后来，妈妈得了认知症，开始渐渐失去日常的生活能力。当我们发现她在冬天用热水擦澡而不是用淋浴时，我意识到她已经不会用燃气炉了。于是，我和妹妹开始帮她洗澡。

帮妈妈洗澡，让我开始触摸到她的身体。我不知道，命运这样安排，是否是借着病魔来打破母女间僵硬的界限？

开始的时候，我似乎只是在完成洗澡这件"事"，妈妈的身体对于我来说，可能并不比一件东西更加宝贵。我们彼此都很陌生，在没有必要时，我不会轻易地触碰她。很长时间，我仅仅是给妈妈擦洗后背，别的地方都是她自己洗。

慢慢地，好像有一种不同的感觉产生了。

开始给妈妈擦背时，我会感叹，快80岁的人了，皮肤还这么光滑，这么有弹性。

渐渐地，这个饱满丰润的女人的后背，一天天失去了光泽，失去了水分，皮肤下的肌肉在不知不觉间萎缩了下去，皮肤上开始有了一条条的褶皱……

触摸着妈妈干枯消瘦下去的身体，那种一点点滋生出来的感觉，或许应该叫作"怜惜"吧。

就像乐谱中标注了渐强符号似的，这怜惜每每在我给她涂抹润肤露时开始变得强烈。我的手触抚着妈妈的身体，一点点把润肤露涂匀，再轻轻地揉进她的皮肤里。我好像已经不再仅仅是为了减少皮肤的干燥而给她涂润肤露，也在把我的怜惜之情一点点地揉进这个躯体中——对于我来说，它已经不再那么陌生，不再是一个"打理"的对象，而是一种可以激起并投入一些情感的存在。

妈妈能感觉到我的怜惜吗？她喜欢这样的触抚吗？

她从来没有说过，没有表达过喜欢，也没有表达其他的情感。只是，很长时间，她都拒绝阿姨给她洗澡，似乎给她洗澡是我和妹妹的专利。而大多数我们给她洗澡的时候，她都表现得"很乖"。

在妈妈渐渐衰老，还没有患上认知症的时候（或者已经患了但我们还没有察觉），我就常常想在过马路、上台阶的时候拉她一把，但通常她都会甩开我的手，好像那是对她的不信任。她从未主动地挽过我的手，更别提"勾肩搭背"这种亲密的行为。而我和我的女儿却一直很亲密，她二十几岁了，出门时仍然会和我手拉着手。

手拉手，一个无比简单的动作，里面包含着相互信任、共同分担、彼此支持，传递着亲密、温暖和爱，是给予也是得到，这是多么美妙的情感表达啊！

我知道不能怪妈妈，她一定是小时候缺乏这样的经历，才把情感压到内心最深处看不见的地方。

不管怎样，就让我拉起她的手来吧，在她变得步履蹒跚之时，在她忘记来路、忘记归程茫然一片之时，让我拉着她干如枯枝的手，慢慢地走，慢慢地走，走回她的童年记忆，走向不可知的未来；让我手中的温热，慢慢地捂，慢慢地捂，捂热这颗缺少情感滋养的心吧……

学习心理辅导时，我的导师，香港中文大学教授林孟平告诉我们一句话：Counseling is touch life，她把它译为"心理辅导就是触抚生命"。我很喜欢"touch"这个单词，它可以译为"碰""触碰""接触""触到""打动"。有了"touch"这个动作，原本没有关系的双方，就建立起了联结。当然，这样的 touch 应该是无比温柔的。

中国人喜欢说"血浓于水"。但所谓的亲情就是血浓于水吗？我一直不怎么相信。我想，如果没有日复一日共同的生活，如果没有在生命某个阶段的相互扶持（爸妈对孩子的照料，孩子对爸妈的照料），如果没有身体上的亲近，没有带着怜惜和爱意的触抚，没有 touch，即便是亲人，也难以建立起深情。如果说，Counseling is touch life，那么，在亲人之间，touch 本身也具有一种安抚和疗愈的作用吧？

也许，妈妈的衰老，妈妈的认知症，就是上天赐予我们的一

个机会，让我们通过对她身体的照料——这最自然而然的 touch，
去彼此联结，让温暖在心中慢慢地升起，就像初升太阳的光芒一
点点地漫过无边的大地。

2013 年 9 月 4 日

13

欢迎你到我家来玩啊

"欢迎你到我家来玩啊！"这是妈妈今天上午第三次对别人这样说了，而且是笑容满面地说的。

说实话，我被雷到了。这是我妈妈吗？——那个不喜欢、不愿意与人交往的妈妈？

不仅我发现妈妈变了，就连院子里的叔叔阿姨也发现了。他们对我说："过去在路上遇见你妈，她是不说话的，现在她真的不一样了，见人就会笑，真好，真好！"

面对妈妈的变化，真是百感交集。

在带妈妈去北大医学院精神卫生研究所看病后，我们就知道了，最能有效减缓认知症发展的方法是社会交往。

可该怎么增加妈妈的社会交往呢？

观察老妈院子里那些老人，在退出职场后，"爱好"给很多人打开了新的社会交往途径。

可妈妈除了看报这个无须与他人交往的爱好外，好像就没有别的爱好了。她不喜欢任何一项体育运动，任何一种艺术活动，所以她不会和别人一起锻炼身体，更不会加入跳舞的行列，也不会去老年大学画画。或许反过来，正是因为不喜欢和人打交道，她才不喜欢参加文体活动？甚至连打麻将这种令无数中国人成瘾的活动，都吸引不了她。曾经有几位阿姨拉着她打麻将，但当一位阿姨住进老人院后，这个组合也就风流云散了。

"你不能到老干部活动中心再找别人一起玩麻将吗？"我曾这样问她。

"他们那些人，我不想和他们在一起。"

"他们那些人"，是妈妈的口头禅，直到认知症发展到晚期，她都常常会说"他们那些人"，语气中总是带点不屑。我们都能读懂，在妈妈的词典中，"那些人"通常是指文化程度低的、"没什么水平的"，自然也是她不想交往的。也许，她需要通过把自己和"那些人"划出界线，来获得心理上的优越感吧。

学过心理学的我知道，这不是老妈多么傲娇，而是童年心理创伤的刻痕。

一个人不喜欢、不善于与人打交道，往往是因为童年早期没能与重要他人*建立起健康的依恋关系。回避人际交往，也能带来"好处"，这就是保护自己脆弱的自尊。真的，和人交往，这个在生活中缺少不了的行为，既需要有一些冒险的勇气，也需要能够理解他人的感受，还需要能用不伤害的办法表达自己的感受

---

*重要他人（Significant Others），心理学概念，指在个体社会化以及心理人格形成的过程中具有重要影响的具体人物。——编者注

和需要。这些能力的发展，都需要一个心理基础，即在婴儿时期与照顾自己的重要他人形成安全型的依恋。

虽然不知道妈妈小时候都发生过什么，但毫无疑问，她没有和她的父母形成安全型的依恋，让自己的同感能力、正面表达自己需要和感受的能力，以及冒险精神成长起来。到了晚年，她更是为自己筑起了一道墙，除了上街买菜，回家看报，一年参加一两次老干部局组织的旅游，偶然应邀参加个老同事或老同学聚会（她从来不是组织者），就再也没有什么社会交往了。可以想象，终日过着自己平静而单调的生活，她大脑的神经元缺乏足够的刺激，就开始消极怠工了……

那么，往事已矣，来者可追吗？

我对此从来不抱希望，所以当她出现这些与人友好的行为时，我是又惊喜又惊诧：为什么在路上遇到认识不认识的人，她现在常常会露出笑容了呢？甚至昨天散步时，为了找一段平整宽敞行人少的路，我把她带到了马路对面，她居然说："怎么看不见人呢？老的少的，男的女的……"难道她居然想和人相遇了？

我猜，是记忆衰退、智力衰退，让她越来越觉得世界变得陌生，从而产生了一种恐惧感。当她无法在生活环境中定位自己的时候，也许周围的人就成为获得存在感的救命稻草？在这个日益陌生的世界中，用他人作为自己的坐标，或许可以帮她找回些许记忆，知道自己是谁、自己是在哪里。

又或者，记忆衰退、智力衰退让她过去对人心存的恐惧感减退了，看到和自己有几分相像的人形动物，她反而会感到亲近和好奇？特别是那些看上去有些眼熟的人，年龄和自己差不多的人，主动和自己打招呼的人，会更让她感到亲切，产生去接近的愿望吧？

哈，答案在她的脑海深处，别说我，估计研究认知症的专家们也无法确定。我且把老妈的这种变化作为一个个案记录下来，没准给他们的研究提供一点思路呢！

好吧，暂且不管原因是什么，老妈，只要你露出笑容，只要你表现出一点点想要与人交往的愿望，我都会停下脚步，让你和别人说说话。虽说你已经不能完整地表达自己的意思，虽说别人唯一能听懂的大概只有一句"下次请你到我家来"，但这份发自生命最深处的热情，难道不是也很美吗？

更让我喜出望外的还在后头呢！

有一天我带老妈下楼散步回来，路过楼下的小花园，有几个老人家正跟着录音机播放的音乐跳舞。太阳正好，音乐欢快，有认识妈妈的老人热情地邀请我们："来，来跳舞吧！"我拉着老妈走进跳舞的人群当中，带着她跳起舞来。一步，两步，再转个圈儿；再来，一步，两步，再转个圈儿……老妈没有抗拒，相反，像个孩子似的笑了，周围的阿姨们都鼓起掌来。

阿姨用手机帮我们拍下了照片。晚上，我给弟弟妹妹传去妈妈跳舞的照片，附带一条"新闻报道"：

　　　　小花园晚报今日头条【记者老书虫报道】今晚，太阳从东边落下了，83岁的陆阿姨破天荒地加入了大妈们的广场舞。陆阿姨是认知症患者，已经发展到将女儿当妈妈的阶段，且她素不喜与人交往，更不善歌舞之事，每从小花园过，均如入无人之境。今天傍晚，当她在女儿的陪伴下路过小花园时，正有大妈放音乐起舞。在女儿的鼓励下，在姐妹们的邀约下，陆阿姨欣然起舞，如孩童般天真快乐。瞬间，人们奔走相告，消息传遍了小花园的四面八方。明天的太阳会从西边出来吗？让我们期待着。

在威尔·施瓦贝尔写的《生命最后的读书会》*中，我看到这样一段话："我们一起读了很多书，在医生办公室度过了很多的时光，我感觉到我遇到的是一个有点不同的人，一个全新的人，一个思想有点古怪但非常有趣的人。我会深深地思念我的母亲，也会同样思念这个全新的人，思念这个逐渐深入了解她的过程。"

我想，也许有一天，我也会深深地思念这个"全新的人"，思念这个"逐渐深入了解她的过程"。

初稿于 2013 年 9 月 11 日

---

*《生命最后的读书会》记述了一对母子共读和对话的故事：当儿子得知母亲的胰腺癌已到了晚期，生命无多时，他不知道该如何面对这件事并自然地与母亲沟通，直到偶然的一天，他们开始阅读同一本书，同时也开启了关于人生的对话。我第一时间买了由中国友谊出版公司出版的此书中译本。

14

无聊就是无法聊

老妈的内心世界越来越像个"黑洞",她一生的生命故事,她经历过的酸甜苦辣,她现在的种种感受,都被吸进了这个黑洞。

或者是心有不甘吧,又或者是希望陪伴她的时候能找些有意义的事情做,有一天,我录下了和妈妈的聊天过程,然后逐字逐句把它们整理出来,写下了这篇笔记:

今天早上没有太阳,窗外看上去灰蒙蒙的,估计又是中度或重度污染,因此吃完早饭,没有急着带老妈外出散步。

拉她坐在沙发上闲聊,对我来说,和她闲聊是散步之外最重要的陪伴方式。不过今天我突发奇想,何不把我们的闲聊记下来呢,看看一个认知症中晚期患者到底是怎样谈话的。

天气不好,老妈的情绪也不怎么振作。看到她有些无精打采的样子,我决定从夜里开始聊起。

(注:记录中的"……",表示老妈较长时间的停顿、支吾,你可以想象她嘴巴微微颤动却说不出来的样子。)

我:夜里做梦了吗?

妈：做了。（她真的明白我问的是什么吗？还是顺着我的话说？）

我：你还记得梦见了什么吗？

妈：他们两个人……

我：他们是谁？

妈：就是那些人。

我：他们在做什么？

妈：他们吵架。（哦，能说出人的行为啊！但"吵架"这个行为的主体究竟是谁呢？）

我：他们吵架的时候你做什么？（我知道问不出"他们"是谁，我想知道的是，吵架对老妈有什么影响，所以问了这句话。）

妈：我就跑出去。

我：他们吵架时你害怕？

妈：……有时候偷偷看。……他们……一会儿……谁跟谁这个了……天热，他们喝水。（有动词，但主体仍然是代词，但是指代的对象到底是什么呢？）

我：他们是谁啊？

妈：（指着阿姨的床）不就是这个嘛。……在国内，他们主要也是……比认识的……有的时候……他们……颜色……白的……

我：他们穿的衣服是白的？

妈：穿的衣服……

我：你喜欢穿白衣服的他们吗？（我想，如果搞不清楚"他们"是谁，不妨再从"关系"入手做些试探。）

妈：我一般……他们有的时候（指着我的小本子，仿佛"他们"就在那里）……有的时候这玩意……（"这玩意"，又是一个代词！）

我：这玩意你喜欢吗？

妈：他……刚开始他们不是两两的……弄这个，后来不是这个……这个就跑来跑去，后来有些人建议……（终于具体点了）

我：建议什么？

妈：外头不是人家……跟外头的……白发……

我：白头发？

妈：嗯，他们的脑袋有点是宝贝出来的……他们自己家里人，说是会说……

我：会说什么？

妈：不多，年纪小，有的（指着我的小本）你看这个……

我：这个怎么样？

妈：……

我：你那天要我去找我爸，是不是你想他了？（上面的谈话实在无法进行下去，我想到前两天她曾问阿姨"我爱人上哪儿去了"，还要我去找我爸爸，所以把话题扯到了这里。）

妈：（笑，含糊地说）嗯。

我：我们给他写封信吧？（我曾代替妈妈给老朋友写信，再以老朋友的口气给她回信，这是我和妈妈玩的一个游戏。）

妈：这个，我觉得不是……爸爸……那时候他不是……人家给的，买这个……

我：买什么？

妈：不知道。这边儿，这边儿（指着我的本子）。

我：你爱人叫什么？

妈：（沉默）不。

我：是叫××吗？

妈：这个……

我：你还记得你们是在昆明认识的吗？

妈：是。那时候……我这个……不怎么去……

我：不怎么去找他吗？

妈：这不是……他妈妈我都……

我：见过他妈妈吗？

妈：见过。

我：那你喜欢他妈妈吗？

妈：不。

我：你喜欢自己的妈妈吗？（我知道如果继续问为什么不喜欢"他的妈妈"，她是说不出来的。所以我把话题转到她自己妈妈身上，看看随着病情发展，她在重回童年的过程中，对自己妈妈的感觉是否有变化。）

妈：那……

我：你不太喜欢他妈妈，他知道吗？（我又觉得她和父亲的关系更重要，所以又转回原来的话题。）

妈：知道……

我：你现在还会想起他吗？

妈：现在很少。（我觉得这似乎是妈妈极少的清醒时刻。）

我：很少想起他？

妈：嗯。

我：你们一起生活了 30 多年，对吧？

妈：嗯，那时候男的女的……反正……跑家里去，钱又花得快，一会儿来个什么人……（里面明显有故事啊，可是她无法说出来。）

我：是不是他老会有同学啊、朋友什么的来？（我父亲重视友情，和家乡的一些老同学关系很好，他们有时会来我家，但妈妈对他们不太有兴趣。）

妈：有。

我：这些人跑咱们家来，你觉得烦吗？

妈：是啊！（回答得很快，还带着一点情绪，好像真的被说中了。）

我：你会和他吵架吗？

妈：嗨，他们有啥？还不是这个……

我：那时候你是不是也觉得接待他们挺累的？

妈：嗐，也不见得。

我：你和爸爸在一起的时候，最高兴的事情是什么？

妈：（用手在胸前划了一大圈）爸爸肯定都在这儿。

我：你是说爸爸在你就高兴？

妈：是啊。

我：那他是不是经常不在？（因为在国外工作、去五七干校等，很长时间爸爸不在家。）

妈：他……他不是……

我：要是让你给他写一封信，你会告诉他什么呢？

妈：不知道……平常他……

（看到妈妈有些厌倦了，所以聊天到此结束。）

把这些对话敲进电脑里的时候，我脑袋里就冒出一个词"无聊"——不是没的聊，不是聊得无趣，而是根本无法聊！

过去，我对父母一辈的生活以及他们的内心世界，并没有太大兴趣去了解，好像他们是他们，我们是我们，虽然有血缘关系，但精神上的交集很少，可能是因为我很少和他们生活在一起的原因吧。随着年龄增长，自己也慢慢老了，才发现对父辈的了解竟是那么少，这才慢慢地产生了了解他们的愿望，觉得他们的生命故事里也隐藏着我们生命的密码。同时，也希望能和还"健在"（应该换作"活着"，因为老妈虽"在"
却并不"健"）的亲人多一些聊天的话题。可是，我想
了解她的愿望没有跑过她的退化速度，于是，我再也
无法"打捞"出那些藏在代词后面的人和事，再也无
法知晓她生命中的故事、她的生命感觉，我们之间将
永远隔着一堵透明的大墙！

2013 年 9 月 28 日

之后，我把这段记录发到"助爱之家"微博群里。群友们的
留言有的真诚，有的幽默，让我特别感动。

苏菲猫 _6295：自从老妈查出阿尔茨海默，我对
"无聊"有了更切身的体会，暗下决心你宁可累死，也
绝不无聊死！"无聊就是没法聊"，最要命的还不是跟
别人无法聊，而是跟自己也无法聊，无法自处！什么
生命中不能承受之重，生命中不能承受之轻，现在经
常在脑子里闪过的是"生命中不能承受之无聊"。

卯月小雨：哎，真是深有同感，我现在和妈妈聊
天也是，基本上是无奈加无语。

夏天的珍：无聊，无聊，无聊也得聊。这就是我
们的任务。

AD 守护神：问题是别人无聊可以不聊，我们就不
能了，所以人生有好多无奈，我们无奈也要能耐。

> 活络扳头：无聊就聊，聊也无聊；聊虽无聊，无
> 聊当聊；聊无所聊，无所不聊；犹把 AD 当宠物，且将
> 无聊当有聊。

"活络扳头"是微博群中非常活跃的人物，也常常能带给大家很多的力量，很多的照护方法和技巧。我常常觉得他其实比我要难多了，他照顾的是自己的妻子，可以想见他所付出的和牺牲的是什么。

好吧，既然命运让我们成为认知症亲人的照护者，就让我们无奈也要有能耐，且将无聊当有聊！

初稿于 2013 年 9 月 30 日

15

哇哦，老妈会玩脑筋急转弯

"今天是大女儿吧？你真有福气，昨天是小女儿陪着，今天大女儿又来了！"

不知道听到多少次老人们用羡慕的口气说妈妈"有福气"。的确，陪妈妈散步时，几乎看不到其他老人有儿女陪着。是老妈"因祸得福"，还是我们"超级孝顺"？其实我更觉得是前者：如果妈妈没有认知症，还能打理自己的生活，我大概不会这么三天两头往家里跑。

陪老妈散步的时间长了，渐渐地与院子里其他的老人也有了联结。有些是我过去就认识的，有些是并不熟悉的。以前，妈妈很少停下来和别人交谈，总是一个人踽踽独行。但不知是随着病情的变化，她的性格变得随和了，还是因为有我们陪伴在旁，我们会有意识地停下脚步，让她能和这些老人说说话，现在她越来越主动地与这些老朋友、老同事、老邻居们打招呼了。我呢，也逐渐地被这些长辈接纳，成了他们的朋友。这些长辈的故事，还有他们对妈妈的关心，也成为温暖我、支撑我的力量。

L 阿姨

L 阿姨是我们从小就熟悉的，她的女儿和我妹妹一样，名字中都有个"非"字——这说明我们的父母都曾经在非洲工作过。

说实话，每次散步我都特希望碰到 L 阿姨，希望看到她银光闪闪的白发，听到她粗声大嗓的笑声，看到她骑着自行车的飒爽英姿。哦哦哦，谁说"飒爽英姿"这个词只属于女民兵（毛泽东有咏女民兵的诗句"飒爽英姿五尺枪"），而不能属于一个八十多岁的老人呢？而且，这个老人还经历过很多苦难："文革"中，她的丈夫不堪侮辱而自杀；她退休后，先后得过肺癌和乳腺癌，手术化疗统统经历了。但开朗的性格和朋友们的帮助，让她战胜痛苦和疾病，在晚年的独居生活中保持着乐观和活力。她每天骑着自行车出去买菜、拿药、买报纸，和朋友打牌，高高兴兴地享受着人生——喜欢 L 阿姨，就是喜欢她身上的乐观和活力，以及这些特质所展示出来的人的可能性。

Q 叔叔

Q 叔叔是个非常好玩的叔叔，小时候我很喜欢他来我们家，因为他特别能开玩笑，他一来，我们家里就会充满笑声。

Q 叔叔是爸妈的老同事，他们曾一起在国外工作过。爸爸去世后的这些年里，Q 叔叔成了我们家的"杂工"，无论什么东西

坏了，妈妈都会说："叫老 Q 来修！" Q 叔叔也总是屁颠屁颠地
上门服务，好像永远是无所不能。

也许男性不像女性这么爱扎堆吧，在院子里散步时很少看到
Q 叔叔。终于有一天在院子外面的马路上碰到了。看到 Q 叔叔已
经变得缓慢蹒跚的脚步，我心里难免吃惊和伤感，岁月这把杀猪
刀啊，不会因为你曾经帅气、曾经风趣就放过你。

已经 87 岁的 Q 叔叔，好像也没有很大的能量来开玩笑了。
我问了问他女儿的情况，他嘱咐我好好照顾妈妈，然后他向南，
我们向北，继续自己的行程。

是啊，人生路上的最后一段，走向死亡的那一段，作为心路
历程，即便是最亲的亲人，最好的朋友，都无法陪同前往……

G 阿姨

G 阿姨已经 93 岁了，腿不好，但天气好的时候，每天都会
自己推着助步椅，从自己住的一楼，来到阳光下，在院里晒太阳
和聊天。

G 阿姨的先生已经去世了，她的独子在美国工作，每半年回
来陪她一次。

这个院子中，很多人家的子女都在国外，所以也就有很多 G
阿姨这样的"留守老人"。

尽管 90 多岁了，但 G 阿姨却没有雇全职的家政工，因为她
觉得"不需要"！她的家政工，每天都会有半天出去做小时工，

G 阿姨就自己在家读书、看报。

有一次，G 阿姨晒完太阳要回家了，她热情地邀请我们去家里玩，我想反正回家也没事，就带老妈串个门吧，于是来到了 G 阿姨的家。

G 阿姨和家政工住在一个房间里，这样晚上有什么事情比较方便。但毕竟年龄大了，家政工其实很害怕，怕万一有事自己处理不了、承担不起。

G 阿姨家有一副大镜框，里面的照片很特别，那是 17 幅 G 阿姨的照片组合成的，上面还写着"祝妈妈九十华诞快乐！健康长寿！"G 阿姨说，那是 90 岁生日时儿子送给她的。这张合成的照片，记载了 G 阿姨的一生：稚气的童年、挺拔的青年、承担的中年、优雅的晚年……不知道 G 阿姨看到自己的一生浓缩在一张照片中的时候，会有怎样的感觉？也许，有一天我该问问她吧！

S 叔叔

S 叔叔走了，在经历了多年的病痛折磨之后。遗体告别就在离妈妈大院不远的医院举行，但思忖再三，我们没有带妈妈去和老友做最后一别。

S 叔叔是妈妈的同事，和妈妈一样，也曾在国外工作，是妈妈交往不多的几个朋友之一。在经历我爸爸去世、回国离休后的寂寞岁月里，妈妈有时会去 S 叔叔家聊天。她常对我们说，S 叔叔的夫人 D 阿姨不会做饭，不会管家，家里总是乱七八糟的没个样子，什么都要靠 S 叔叔。

被 D 阿姨当作依靠的 S 叔叔，终于到了靠不住的那一天，他得了帕金森症，渐渐地不再能够控制自己的肢体，渐渐地不再能够行走，渐渐地不再能够站立……医院，成为他家之外的家。但直到 S 叔叔住在医院，D 阿姨衣衫不整地到处寻找自己的丈夫，人们才意识到她也病了，她和我妈妈一样，得了认知症。

S 叔叔住在医院里，老干部局为 D 阿姨请来家政工，但是 D 阿姨不能理解也不能接受，总是吵着闹着把家政工赶走。无论白天还是晚上，她常常在院子里游荡着，寻找着 S 叔叔。看到她这个样子，老干部局无奈地把 D 阿姨送进了老年病院。

S 叔叔出院后，老干部局为他请了一个家政工。在家政工的照顾下，S 叔叔度过了一段孤单而平静的日子。有时我带妈妈散步，碰到家政工用轮椅推着 S 叔叔在外面晒太阳，我会拉着妈妈过去和他说话——我想，这是 S 叔叔的需要，也是妈妈的需要啊。

国庆节的时候，我们按照惯例要带妈妈到附近的饭店吃饭。刚好那天中午在楼下看到坐在轮椅上晒太阳的 S 叔叔。他腿上盖着厚厚的毯子，身上穿着干净的绿色抓绒外套，虽然不能行走，但还是隐隐透露出驻外记者的范儿来。我突然想，为什么不叫着 S 叔叔一起吃饭呢？他女儿远在美国，妻子关在老年病院，我们干吗不把他当作一个家人呢？

我和 S 叔叔一说，他几乎没有任何犹豫就答应了。我想，他也希望孤寂疲惫的生活中能多有一点儿这样的"意外"吧。

一手拉一个

有时候碰到子女不在身边或者老伴已经去世的老人，我也会邀请他们和妈妈一起散步。其中的一个，是我小学同学的妈妈。她的老伴已经去世，我的同学和我一样曾经上山下乡，但再也没能回到北京。碰到这个阿姨的时候，我会一手拉着老妈，一手拉着她，三个人走出院子的大门，沿着街边慢慢地走。我一会儿跟左边这个说两句，一会儿跟右边这个说两句。我能感觉到，有只手拉着这位老人家，让她感到特别高兴。能替远在外地的同学陪陪他的老妈，我也挺欣慰的。

在那些活到高龄的单身老人们身上，我看到红尘中曾经的热闹和喧嚣，现在变成了在世的寂寞，也常常会想自己的晚年该怎么过。我能不能像 L 阿姨那样潇洒，像 G 阿姨那样通透，像 Q 叔叔那样仍能助人为乐？我能不能避免 S 叔叔的命运？

我有时候还会羡慕父母这一辈。虽说认知症找上了我的老妈，但毕竟有我们姐弟妹仨儿，今天你回来，明天我去看，所有事情都有人承包。而我们作为独生子女的父母，一旦生活不能自理了，会不会把子女拖垮？

我 是 谁 啊？ 你 是 你 呗！

特别有趣的是，当陪妈妈散步碰到她的老同事时，他们之间会发生一些好玩的对话。有些人知道妈妈得了认知症，有时也会故意逗逗老妈，他们会先叫出她的名字，然后问她："你知道我是谁吗？"

老妈的认知症已经到中晚期了，我已经无法知道她是心中还有数，嘴上说不出呢，还是真的认不出对方了。不过，我实在是佩服我聪明的老妈，她居然会来个脑筋急转弯，做出一个逻辑上绝对正确的回答："你是你呗！"

初稿于 2013 年 10 月 10 日

16

2013 年感动我家的人物

2013 年已经变成地平线上的一个小黑点，我们再怎么招呼，她也不会回头了。

好吧，就让我关起门来，年终盘点。这习惯我保持了 30 多年，就像原始人结绳记事似的，看看一年里能系下几个有意思或有意义的疙瘩，好让生命之绳不显得那么平直、单调和绵软。

不过，今年我怎么先想到了另一个人呢？在她的大脑中，发生了某种神秘的变化，一只无形的橡皮擦，正以飞一般的速度擦去她的近期记忆，而且还渐渐地让她忘掉自己是谁，自己身处何方。"我是谁""我来自哪里？""我要去往何方？"——这些伟大的生命之问她都回答不了了，勉强支撑着她的存在感的，是残留的生命初期记忆和他人给予的关怀。

我是不是可以替她盘点一下呢，既然她自己已经做不了这件事？

这个人，就是我患了认知症的老妈。

没想到，完全没想到，为她盘点完我居然有些欣欣然。

是的，这一年，认知症固然更加威武更加疯狂，但在我们三个孩子和阿姨的精心照料下，老妈并未彻底败下阵来。经过盘点，我发现她还拥有不少的能力啊，比如：

还能自己吃饭，虽然有时要喂；

还能自己上厕所，虽然需要被提醒并被带到马桶旁；

还能分清亲人和外人，虽然会把女儿当作妈妈、爸爸、姐姐和爱人；

还能认得照片上的自己，虽然会把旁边的外孙女叫作"一个小青年"；

还能自己刷牙，虽然有时会把水咽到肚子里；

还能自己洗脸，虽然经常要把毛巾叠来叠去；

还能自己梳头，虽然会把牙刷当梳子；

还能站着洗淋浴，虽然冲洗头发时不肯低头；

还能自己穿衣服，虽然需要别人帮她套上；

还能自己叠被子，虽然叠出的是颇具创意的多边形；

还能走很长的路，虽然走得相当慢；

还能和人打招呼，虽然对方可能是个陌生人；

还能咽下小药片，虽然大的咽不了；

还能去理发，虽然洗头时有点害怕；

还能配合治疗足病，虽然泡脚时会发脾气；

还能跟着音乐起舞，虽然舞姿比较那个；

还能在 iPad 上戳两下创作一幅抽象画，虽然总是按下就不松手；

还能聊天，虽然说的话别人基本听不懂；

还能生气，虽然总是有点多；

还能露出笑容，虽然需要我们使劲逗……

哇，数一下，老妈居然还有 20 种能力啊！

不仅如此，老妈今年还有几项光辉业绩，或许可以参评"2013 感动我家的人物"：

一、乘坐时髦的高铁，回老家参加了舅舅的 80 寿辰庆典，和兄弟姐妹团聚，还见到了无数来自祖国各地、全球各地的后辈；

二、体重没有继续下降，除了脑袋磕破一次，身体基本健康，应该归功于她每日坚持一至三次散步；

三、在楼下小花园加入过中国大妈的广场舞，实现了生命中零的突破。

好吧，我们将在新年来临那天，举行"2013 年感动我家的人物"评委投票和颁奖典礼，如果不出现黑马的话，我预计老妈会全票当选。届时，我们将用萝卜刻一个别致精致的奖杯，送给我亲爱的老妈。

老妈的 2013，鼓掌，撒花！

初稿于 2013 年 12 月 31 日

17

马年春节考察报告

春节，阿姨照例要回家过年。人家也上有老妈，下有女儿，需要回家团聚、尽责、享受天伦。

我和妹妹轮流住在家中，全天候照顾老妈。

全天候，给了我一个机会，去细细地观察、觉知老妈的变化，看看她的基本生活能力退化到了怎样的程度，想想之后应该怎样应对。观察之下，发现老妈的洗漱力、穿衣力、吃饭力、如厕力和交往力，这五项日常生活所需要的基本能力，确实在进一步衰退，不过也还没到完全丧失的程度：

洗漱力

洗漱，是人每天要做的事情，它使我们可以保有清洁、健康和尊严。从童年我们学会洗漱后，洗漱能力就会一直伴随着我们，直到我们再无力自己洗漱的那一天。

但认知症患者洗漱力的衰退，大半与肢体的衰退无关，在他们还能运动的时候，却可能已经不会刷牙洗脸了！

就拿刷牙来说，老妈早已需要帮忙了：需要别人把水杯递到她手中，再示范一下漱口和刷牙的动作，她才能完成刷牙的任务。不过，这次春节我发现，现在把水杯递给她，她似乎并不明白那是用来刷牙的，有时干脆直接把漱口水咽到肚子里！给她牙刷，她要么不肯接，要么拿在手里，脸上一片茫然，好像在说："这是干什么用的？"

就此不再刷牙了？似乎不是一个好选择。试试看还有没有别的办法。既然她会把刷牙水咽到肚子里，咱就用温开水，咽下去也不怕。然后呢，示范要更具体更生动，比如，把杯子举起做漱口状时，嘴里要发出"咕噜咕噜"的声音，再做吐水状；把挤好牙膏的牙刷递到她手里，还要帮她举起放到嘴巴里，再轻轻地左右动一动。

别说，这一系列"举措"还真有用。重复上三四遍，好像突然一下她的记忆开关就打开了，她开始像以前那样动作敏捷地刷起牙来，还知道自己把嘴里的牙膏沫子吐出来，再用清水漱口。当然了，她通常只漱一次就以为大功告成，我还得再把水杯递过去，再发出"咕噜咕噜"的声音，哄着她再漱几次，最后帮她将口杯牙刷清理干净。

由此看来，老妈的刷牙力并未完全消失，它沉睡在那里，有待唤醒。能唤醒她这个能力的，是我们的耐心和智慧。

洗脸对老妈来说，似乎简单一些，只要把热水打好，把毛巾放进去，她就会自己去洗，还喜欢将毛巾拧来拧去，叠来叠去。

正好，就让她玩上一会儿，我好去给她做早饭。

没想到的是，最困难的竟然是洗漱完毕后涂抹润肤露。我将润肤露挤在她的手心里，她总是不知道下一步怎么办。我示范性地搓搓手心，再将双手放在脸颊上，却发现她的两只手僵在那里，即使合上掌也不会搓动了，我只好把她的手按到她的脸颊上。谁知道，她就那么使劲按着、一动不动地按着，直到我拿下她的手，用自己的手帮她揉开、涂匀。

为什么这个比刷牙要简单的动作，老妈却忘了呢？我猜，她童年大概还没有润肤露这种玩意，抹润肤露是她长大后才学会的。相比较之下，刷牙力形成得更早，它作为程序性记忆储存在小脑中，印象自然更深吧！

穿衣力

老妈穿衣服的能力，似乎与情绪状态有关。情绪好的时候，她可以做到自己用手捏着内衣的袖口来套毛衣，也可以我帮她穿一只袜子，她自己穿上另一只。但情绪不好的时候，穿衣服就成了一场战斗，可能还是一场两败俱伤的战斗——等勉强把衣服穿上了，她变得愤怒，我也变得沮丧。

老妈和许多认知症病人一样，逐渐消瘦，她的羽绒衣也因此变得肥大。今冬刚刚来临时，我带她到附近一家新开张的商场买羽绒衣。本来应该多试几件的，但不多一会儿老妈就开始烦躁起来，只好匆忙挑了一件还算合身、看上去也相当暖和的，两个人就逃之夭夭了。我开始还挺得意，这件新羽绒衣的袖子是缩口的，这样即便老妈不高兴戴手套，把手缩在里面也不至于太冷。谁知道就是这道缩口成了障碍：每次穿羽绒衣老妈都会因为手伸不出来而抓狂。最后，我只好把自己的一件羽绒衣给她，这件新的羽绒衣就留给自己享受吧。

为了减少穿衣、脱衣的难度，这两年我们已经把她的裤子都变成松紧带的，为她买了薄羽绒棉袄以减少冬季衣服的层次，也渐渐地在她开始感到困难时帮助她穿脱，特别是在如厕前后。当老妈和她的衣服较劲，比如死活找不到袖子时，我常要提醒她"放松一点儿，别着急"，这样她才能重新建立起胳膊和衣袖的关系。

老妈清醒的时候，会努力将衣服一层层拉好，当然，在她完成这些"高难度"动作的时候，我们要有足够的耐心，允许她自己去做，而尽量不越俎代庖，免得她彻底丧失掉穿衣力。

吃饭力

吃是一种生存的本能，但对于认知症患者来说，慢慢地连吃饭的能力也会丧失，而且据说到了末期，甚至会忘了如何吞咽，想想就感到很恐怖。

所以，感恩吧，在马年到来的时候，老妈偶尔还能自己吃完一顿饭，是一整碗哦！

但，真的是偶尔了，大多数时间，她吃到一半儿就不耐烦了，需要我们喂剩下的一半儿。

为什么会不耐烦？

我观察老妈吃饭，觉得她真是不容易。对于我们来说，吃是又容易又享受的事情，但是她需要调动全部的注意力，才能用筷子把饭菜一点点地送到嘴里。所以，越是到后来，老妈吃饭的神情越专注，基本上眼睛都盯在自己的碗里，间或抬头看看还有什么菜，从盘子中夹上一筷子（当我们发现她已经无法自己做到可以将不同的菜夹到自己碗里后，我们会帮她把菜夹到碗里）。每每看到老妈自己夹菜，我心里都会感到欣慰，这说明她不仅还有欲望，而且还有满足这个欲望的能力。

老妈艰难地将饭菜一筷子、一筷子地夹起，送到自己的嘴里，就好像一个小孩子要用筷子将豆子一颗颗夹起一样，对她而言是挺费力的。本来，人在经过训练后，用筷子吃饭的动作已经变成了一种下意识，就像走路时我们不需要思考，就会自动地交替迈出左右脚一样。但当大脑退化时，用筷子这样的动作，会不会需要有意识地才能做好，因此会耗费掉大量的能量？也许，这就是让她不耐烦的原因吧？

我们也尝试过给她换成用勺子吃饭，但老妈似乎对勺子没有兴趣，建立不起与勺子的感情来，呵呵。

当然，老妈吃饭时早已经会将饭菜掉落一身了，因此不记得从去年哪一天起，我们会在饭前给她戴上一条做饭用的围裙，这样衣服就不会脏了。这条围裙，也是她重返童年的标志物吧。

如厕力

本来以为，在 2014 年到来前老妈就会丧失如厕力了，因为她已经有过几次遗尿了。我们也以积极备战的心态，买了大包的成人纸尿裤和铺在床上的尿垫。

但是！但是老妈并没有破罐子破摔下去！细心的阿姨很快掌握了老妈的小便频率，到了差不多的时间，就会把她带到厕所，帮她褪下外面的裤子，她就会自己褪下里面的裤子，坐在便桶上完成小便。

夜里呢，阿姨就比较辛苦了，会在三四点钟的时候起来叫老妈小便。这里面也很有学问：叫早了，她没有便意，死活不起，还要发脾气；叫晚了，她可能已经在床上自行解决了。不过摸到了规律的阿姨，居然就没有让老妈再尿过床！这真是伟大的成就啊，因为我想，虽说老妈已经退化到了这步田地，但尿湿裤子她还是会有不好的感觉吧？这不好的感觉不仅是生理上的不适，也会是自我心理上的沉重打击。为了表彰阿姨的付出，春节我们特地给她发了奖金。

在阿姨不在的日子里，老妈仍然保持了不尿裤子、不尿床的记录，这当然是我们姐妹两个悉心照料的结果。

不过，老妈的大便着实很让我们焦虑。老年人都容易便秘，而认知症老人不能表达自己的感受，更容易便秘。一段时间以来，通过我们自创的"鸡尾酒"疗法（杜密克＋酸奶＋蜂蜜＋果蔬），老妈基本上两三天大便一次，且"质优量足"。至于大便的时机，则要通过细心的观察聆听才能把握住——当她把手放在肚子上，眉头皱起来，并且不断排气时，可能就是要大便了。这时，带她去厕所让她坐好，再像给婴儿把屎一样在旁边发出"嗯嗯"声，就有可能大功告成。

不过，阿姨走后连续三天，老妈居然都没有大便，真是把我急坏了！我给她揉肚子，多次带她去厕所，使劲地"嗯嗯"，居然全都不见成效，这可怎么是好？大过节的，我可不想带她去医院灌肠啊。

终于在午饭之后，观察到了某种大便欲来的气象，赶紧带老妈去厕所。这回，怎么也得想办法让她拉出来。我搬了个小椅子坐在便桶旁边，一边卖力气地"嗯嗯"，一边支起耳朵听：恍恍惚惚地，似乎真的听到"黄金"落水的声音！我问老妈："拉出来了？"她居然点点头。我说："好，不着急，咱们慢慢拉！"

待老妈完成大便这件大事，起来一看，可真是壮观啊（以下略去30字）……

我松了口气，赶紧给弟弟妹妹发短信报喜：特大喜讯，老妈终于拉粑粑啦！

交往力

记得2007年带老妈到北医精神卫生研究所看病时，于欣大夫反复叮嘱：要延缓病情的发展，最好的办法是与人交往！

有意思的是，我们谁都没想到，原本不喜欢与人交往的老妈，随着病情的恶化，反倒愿意接触人了。下楼散步，碰到认识不认识的人，她都开始点头微笑。不止一个叔叔阿姨告诉我：你妈妈变了，过去很少见她笑，跟谁都不打招呼，现在见到人她就笑！

当然，遗憾的是，虽然妈妈愿意和人交往了，但她除了微笑和说些别人不能理解的话，她的社交力仓库中已经没有其他武器了。

妈妈的微笑，为她带来了回报。现在，在院子里、院子外散步，几乎每个认识她的叔叔阿姨（他们也都是步履蹒跚的老人了），都会走过来向她问好，有的人还会拍拍她，拉拉她的手，连大门口的保安见到她，都会走出岗亭来和她打招呼。看着这样的场景，不知道老妈是否内心感到很温暖？反正我是被温暖了的。

认知的退化，似乎让老妈在情感上回到了青春期，因为我们发现，只要碰见异性，别管多大年龄，别管认识不认识，她都想和人家搭话。有一次，她看到几个小青年在路边抽烟，就走过去对着他们喊："嘿，你们吃什么好吃的呢？"小伙子们吓了一跳，我赶快用手指了指自己的脑袋，示意他们是我老妈糊涂了，然后拉着老妈离开。老妈倒是没什么反抗，回头看了几眼，就乖乖地跟着我走了。

好吧，2014 年春节，我的老妈就处在这么个状况——基本的生活能力还没有完全丧失，但却需要我们更加细心、更加耐心地去陪伴去照顾。就让我们这家人，且喜且忧地继续生活下去吧。

初稿于 2014 年 2 月 6 日

18

那个被"冰冻"的小女孩

　　昨天夜里妈妈睡得很好，早上七点多钟起来上了一次厕所后又重新睡下，很快打起呼噜来。九点钟，我走进她的房间，坐在沙发上看书，等待她自然醒来。

　　没过多久，我看到她睁开眼睛了，而且很快就自己坐了起来，最令我惊讶的是，她满脸都是笑容，是那种"开花"状的笑容，是以欣喜迎接一天的笑容，是满足且安全的笑容，是像孩子一样纯真的笑容！

　　我内心被深深触动了。

　　因为，我从小就很少看到她的笑容，更很少看到这样大大的、发自内心的笑容。

　　这个令我难忘的笑容，对我来说，甚至具有某种标志性：我希望它是一种象征，象征着一种变化，一种关系上的改善：妈妈和我的关系，妈妈和她自己的关系，妈妈和世界的关系。

　　前几天，在新浪"助爱之家"微博群中，看到一个网友晒妈妈的照片。照片上，她的妈妈笑得甜蜜而平静。这个叫作"我的影子我的妈"的网友写道："佳节思亲，佳节几多？尽量把每个同亲人在一起的日子都变成值得珍惜的节日。空气，抓不住，但我们有能力衡量它的质量；水，握不到，但我们有办法检测它的质地；时间，无质无量却稍纵即逝，除了珍惜我们别无选择。就像妈妈的微笑，抓住了，留下了，珍惜了，因为真的没有把握明天的妈妈是否还能拥有今天的微笑。"

这位老妈妈的笑容，让我的心情有些复杂，说实话是非常地羡慕。特别是那位网友说，虽然妈妈得认知症十多年了，但情绪一向比较好，喜欢笑，只是比较喜欢搞"破坏"，需要经常地"斗智斗勇"，免得让妈妈受伤——我想，不管这位妈妈搞多少"破坏"，一个笑容就足以补偿女儿的千般辛苦！而且，在她离开这个世界以后，女儿一想起妈妈来，就会想到她的笑容，那该是多么温暖的回忆啊！

其实，不论为妈妈做什么我都不怕辛苦，怕的就是妈妈阴沉着脸，没有笑容。那张没有笑容的脸，让我感到焦虑、沮丧和委屈，那么多的老人都羡慕她总有儿女相陪，可她似乎并不觉得幸福。

为什么妈妈很少笑？为什么她很少流露出幸福感？学过心理治疗，让我多少能够理解这个状况：她还冻结在童年的创伤性经历中，这样的经历让她不相信自己是被人爱的，也没有能力去表达对他人的爱，整个人是紧张不安的，会不自觉地筑起心理防御之墙。结果，近在咫尺的幸福就被隔绝到看不见的墙后面了。

当妈妈发脾气或者阴沉着脸时，我往往难以做到心如止水，我的心也会跟着往下沉，委屈、抱怨随之倾巢出动，开始兴风作浪。有两回我生气了，干脆问她：“你离开这个世界后，就想给我们留下一张臭脸吗？如果你不在了，我们想起妈妈就想起这张脸，你愿意吗？”

我无法判断这些话妈妈是否听懂了，往心里去了。按照她病程的发展，这些话她应该听过就"Gone with the wind"，随风而逝了吧，总之她通常会继续沉浸在她的愤怒之中。

也有时候我会"冷处理"。我会对她说："又不开心了？那你就自己和自己的不开心待上一会儿，我去干点别的啊。"那时候我心里有个声音在说：哼，我才不上当呢！那是你的不开心，我可不愿意让它变成我的不开心。通常，过上十几分钟老妈就会找上门来，脸上的怨气和怒气都不见了。

台湾心理学家、生死学者余德慧曾说："我们永远无法规避脸色，它比言语更接近生命感。"诚哉斯言！当我们想接近接触一个人的时候，难道不是首先要看对方的脸色吗？他在颔首微笑，还是一脸厌烦，或者是冷若冰霜？当我们怀念怀想一个人的时候，难道不是浮现出他曾经深深印在你心中的那张脸？

我有时会想，老妈离开这个世界的时候，会是什么样的脸色？还会是阴沉着脸、瘪着嘴，好像受了一辈子委屈吗？想到这样的画面，我就会打一个冷战：如果一个人离开世界的时候，仍然感觉不幸福，那他的心该是多么孤独和冰冷啊！再想想，如果在后人心中留下的就是这样一副面孔，后人又该多么悲凉和委屈啊。

在我的"影像中的生死学"课程 * 的漂流书中，有一本很薄的小册子《生命的清单：关于来世的 40 种景象》。作者是美国一位神经医学博士，有着超丰富的文学想象力，他设想了 40 种奇特的来世景象，这些景象足以帮助人重新思考自己的人生。书中有一个小故事我特别喜欢，也令学生印象深刻。这个故事说，人有三重死亡：第一重死亡，是你的身体机能停止运转之时；第二重死亡，是在你的身体被运送到坟墓中的时候；第三重死亡，是在未来某一时刻，你的名字最后一次被人们提及。在第二重死亡之后，人其实还等候在一个类似候机厅的地方里，当没有人再念叨你的时候，才会被召唤到另一个世界。可以想象，按照这个说法，有些人实际上是一直死不了的，比如爱因斯坦、莎士比亚、鲁迅等等。

作为凡人，死后最会念叨我们的人是谁？还是自己的亲人啊！我父亲去世 28 年了，我和他在一起生活的时间不足六年，但想起他来我仍然会流泪，我能清晰地感觉到他活在"我"当中——活在我对阅读、写作的热爱中，活在我对大自然的敏感中，活在我对生活的热忱中，活在我对他人的关怀中。想起他来，我就会想起那张带着书生气又很慈爱的脸来。

我多么希望妈妈去世后，也能为我们留下一张充满爱意的、

---

* 2012 年—2017 年，我受邀在北师大开设公共选修课"影像中的生死学"，我会带一些相关的书籍上课堂上，让学生借阅，并在书上留下自己的批注与感想。带着这些批注与感想，这些书籍再"漂流"到其他同学手上。

祥和的脸孔，然后就这样活在我的心中。我想，怀里揣着这张脸继续行走在大地上，和带着一颗空洞洞的心是不一样的吧？无论何时何地，想起这张脸来，脚步就会变得更踏实、更有力量，就像想起爸爸的那张脸一样。

我好想让妈妈的眼神变得温暖，充满爱意，脸上常常挂着微笑——不完全是为了她，也是为了我自己。我知道如果一想起妈妈，我心里出现的就是一张冷冰冰的脸，委屈、怨恨也难保不尾随而至，我就会被看不见的负性情绪捆绑住，并将它们投射到周围人身上，让自己无法快乐地享受生活。

可是，好像一切都晚了。在妈妈还能述说童年故事的时候，我还没有能力帮她解构这些故事，从中发现故事的新意义和她的宝贵之处，让一个新的"我"从那个冻结的小女孩身上融解出来。之所以做不到，还在于从小的委屈和疏离，让我无法真正放空自己，去接纳一个不完美的妈妈。

人本主义心理学家罗杰斯曾说，"积极的无条件的爱"是疗愈的力量。但当我面对妈妈的时候，好像就是做不到"无条件"，我总期待着她能先主动地对我表达爱，弥补我童年的缺失。我也很难做到"积极"，因为我仍然觉得照顾她、陪伴她，更多的是出于一种外在的"责任"，而不是我内在的需要，所以我会盘算：她占用了我多少时间？如果把这个时间用在我自己身上，我又该读了多少书，走了多少有意思的地方，做了多少有意义的事情？——直到有一天，微信中的一句话一下子警醒了我："如果你仍然感到委屈，喜欢抱怨的话，说明你还在受奴役。"

　　我突然意识到，当我希望妈妈改变时，其实我的心灵仍然没有得到自由，我仍然被代代相传的伤痛奴役着。之所以说代代相传，是因为妈妈的童年创伤也是她的家庭带给她的，而作为古老的大家庭，在时代风暴中飘摇的大家庭，妈妈的家人恐怕也意识不到对她造成了怎样的伤害，或许他们也有着自己的伤痛！

　　要从奴役中解放自己，只能放弃让妈妈改变的念头，因为我无法掌握她的行动，也已经无法通过破译 AD 语进入她的内心，更无法和她用语言进行真正的交流。也许，只有回到罗杰斯的"积极的无条件的爱"，才是解放之途？

　　想到电影《怒焰狂花》，那个只有 7 岁的小女孩凯，在 18 个月大时就被父亲强暴，安全感的彻底丧失，让她无法产生正常的情感，变得凶残狂暴。养父母曾求助于多个心理治疗师，都没能减轻这个小女孩的攻击性。最后的一个治疗师故意一次次激怒凯，创造机会让她释放出心底的愤怒，但无论小女孩如何的狂怒，治疗师和小女孩的养母都会紧紧抱住她，告诉她"痛，没关系，生气，也没关系"，让她感受到全然地被接纳。终于，小女孩看到养母的泪水时问了一句："你是在为婴儿凯哭吗？"——只有在释放掉了愤怒，同时这样的释放得到了允许和接纳后，她才能容出心理空间来关照他人的感受，疗愈才开始产生。这就是所谓的"无条件积极关注"吧！

　　妈妈是早晚会走完她的生命之路的，也许，老天给我的使命就是要陪她走完这段路，并且在这段路上，能让她笑得更多，最后真的留给我们一张安宁祥和的脸。

要实现这样的愿望，或许只有放下对她的期待，努力地接纳她的不完美，像容器一样盛住她的伤痛、她的愤怒和委屈，温暖才可能流入她的心，再从心中流淌出来，绽放在如花盛开的笑颜中吧？

初稿于 2014 年 2 月 9 日至 11 日

19

我不玩"猜猜猜"的游戏了

　　每次回家，阿姨都会问妈妈："你瞧瞧是谁回来啦？你认得她吗？"陪妈妈在楼下散步时，阿姨们也会问我妈："你知道我是谁吗？"

　　人们总是喜欢问认知症患者"你知道我是谁吗"，也许是出于一种好意，一种想要帮助对方保持或恢复记忆的努力。但是我最近在想，妈妈愿意不愿意人们老是这样问她呢？对她来说，回答不出这些问题，甚至还要不断被纠正："我不是你的姐姐，我是你的女儿"，会不会让她倍感沮丧和恼火呢？

　　我们其实无从知道丧失记忆给认知症患者带来的痛苦，虽然我们也都有过因为遗忘而带来的尴尬、烦恼，但毕竟还能记住大多数赖以生存的事情：我是谁，我是谁的孩子、谁的妻子或丈夫、谁的父亲或母亲，我的家在哪里，厕所在哪里，怎样刷牙、洗脸、吃饭……更别提我们还能记住这个世界上许多复杂的事情，因此可以工作、旅行、创作、读书、观影、歌唱、散步，享受朋友之谊和感官之乐。

一个人失去记忆，究竟意味着什么呢？

提出"心流理论"的心理学家米哈里·契克森米哈赖在 *Flow: Psychology of Optimal Experience*（中文译名叫作《心流：最优体验心理学》）中说，在古希腊神话中，记忆女神叫作摩涅莫辛涅，是缪斯之母。可见，古希腊人将记忆视为最古老的心灵技巧，并且是所有心灵技巧的基础。没有记忆，诗歌也好，后来的科学技术也好，统统不会出现。他还认为："个人的历史也是一样，无法记忆的人，就丧失了以往积累的知识，无法建立意识的模式，也无从整顿心灵的秩序。"*

认知症患者正是渐渐地"丧失了以往积累的知识"，这个丧失从不再能够学习新东西开始。记得妈妈曾经想要一部手机，但妹妹送给她手机后，发现她从来不用，其实是因为妈妈已经学不会了。之后，认知症患者会逐渐逆向地忘记曾经懂得的、拥有的知识和技能，也许要一直倒退到婴儿时代，不会说话，不会吃饭，不会大小便。

但似乎失忆带来的麻烦还不仅仅是这些形而下层面的，如果失忆还会让人"无法建立意识的模式，也无从整顿心灵的秩序"的话，这意味着老妈的内心也会变得混乱与迷茫。

藏东西和找东西，大概就是老妈处理混乱与迷茫的方法之

---

* 社会学家郑也夫教授曾在《吾国教育病理》一书中推荐了这本书。中译本原书名为《当下的幸福：我们并非不快乐》，美国心理学家米哈里·契克森米哈赖著，2011 年由中信出版社出版，后于 2017 年再版，并更名为《心流：最优体验心理学》。

一。不过现在，老妈似乎已经玩腻了这个游戏，又发明了一个新游戏：我发现，有时她会像发现了什么东西一样，用手指从桌上、床上捏起某个细微之物（其实什么都没有），紧紧地捏着不松手。看到她的手捏得太紧，我只好说："妈妈，给我吧，我帮你放起来。"于是，我就像演员一样，假装从她手里拿过一样东西，放在床头柜或书柜上，然后告诉她："妈妈，看，我放在这儿了哈。"

可能常人很难理解这些古怪的行为，不过我相信它们对老妈来说是有意义的，或许这都是她在记忆渐失之时，建立自己内心秩序的一种方法吧？没准这些行为，能让她感觉到自己还在控制着生活。

从另一个角度看，当病情越来越严重时，她似乎也越来越需要有人陪伴，只要没有人和她说话，她就开始嘟嘟囔囔地发出生气的声音，并且拉下脸来。只有当有人可以坐下来听她说那些听不懂的话，或者拉着她的手在屋里转圈、跳舞时，她似乎才能平静下来。

怪不得现象社会学家伯格和卢格曼认为，人得靠谈话维持自身的感觉。俄罗斯学者巴赫金更简洁地表述为"存在即对话"，他认为："存在就意味着进行对话的交际，对话结束之时，也是一切终结之时。"当认知症患者记忆衰退、思维能力也随之退化时，他们大概因为难以记住对方刚刚说过的话，也难以找到字眼（因为遗忘）组织起可以表达自己想法的话语，因此无法再进行有效的对话，甚至包括与自己的对话。当依靠对话不能维持自身的存在感，怎么办呢？也许生存的本能会让他们去寻找他人，通过外部的力量来确认自己的存在和价值。这或许就是他们离不开人的真正原因。

记忆衰退带给人的巨大冲击和内心痛苦，哈佛大学神经学博士莉萨·吉诺瓦在她的小说《我想念我自己》中，做了极为生动的描述，虽然小说中的故事是虚构的，那个主人公——哈佛大学认知心理学教授爱丽丝是虚构的。我想，如果作者真是一个认知症患者的话，根本就无法完成这样一部作品，因为她会丧失描述自己感受的能力。正因为患者无法自我描述，所以他们的痛苦也不能真正地被我们知晓，更不要说被理解了。

这样说来，他们不是一群非常非常孤独的人吗？他们如何处理那份孤独？还有逐渐失去生存能力带来的那份沮丧？还有面对一个越来越陌生的混乱世界的那份恐惧？还有漫漫长日却没有能力做任何事情，连电视都看不懂的那份无聊？还有叫不出对方名字时的那份尴尬？还有不会上厕所而尿湿自己的那份羞愧？

小说中印象最深的一个细节是，爱丽丝（患者）误将家门口的一小块黑色圆形地毯当成了一个黑洞，她开始时害怕极了，以至于无法越过那个"黑洞"去到外面。后来，当她发现那是一块铺了许久的地毯时，她的愤怒爆发了，她用尽全力啪啪地去拍打地毯，直到又拖又拽把地毯扔到门外，自己筋疲力尽地倒在地上。

我想，那个突然爆发出来的愤怒里，实在是包含了太多的挫败、无助、羞愧和委屈，是记忆渐渐衰退中积累起来的情绪能量，是我们外人无法理解的心灵之痛。

米哈里·契克森米哈赖还引用布努埃尔（西班牙国宝级电影导演，曾执导《一条安达鲁狗》）的话说："生命没有记忆，就不能算是生命……记忆是我们的凝聚、理性、感情，甚至也是我们的行动。少了它，我们什么也不是。"

认知症患者并非从一开始就丧失了所有的记忆，但到了临终之时，他们还会拥有哪些记忆，恐怕就像宇宙中吞噬所有光的黑洞一样，永远不能为他人所知了。我愿意相信，我情愿相信，我想让自己相信，在妈妈离开世界的时候，她还能拥有一种记忆，或者还能记住一种感觉，那就是爱——她还能记得她曾经被爱过！

患了认知症的人，实际上已经开始从自己的生命中抽身，向这个世界挥手告别，只是这个过程有时非常缓慢——这个漫长的告别，或许是十年，或许是二十年，他们的眼神将在不知不觉中变得茫然、空洞，让你感受到越来越遥远，越来越缥缈，越来越疏离：人还在，身还在，但心魂（就让我用史铁生喜欢的这个词吧）是否还在？

我没有回天之力，也许，我应该像龙应台那样，每次去养老院看望妈妈，都这样打招呼："妈妈，我是你的女儿龙应台，我来看你了。"——而不是再问妈妈"我是谁""我是你姐姐还是你女儿"。按照巴赫金的话说，对话具有"双声性"，你以为是在同她游戏，但她听到的可能是"你看，你叫不上我的名字吧？你连你的女儿都忘了"这种责备之声。她没有办法组织起语言来告诉你，她是否喜欢被你这样问，失去记忆也让她失去了还击之力。你无法确定她脸上的笑，是在努力掩饰自己的尴尬和无助，还是真的喜欢你和她玩这个游戏。

算了吧，还是放下这个"猜猜猜"的游戏，让老妈的内心少一点儿无助和挫败，让她已经坍塌破碎的自我，能再囫囵着多维系一些时间吧。

初稿于 2014 年 2 月 16 日至 17 日

20

何以解忧，唯有拉手

"最漫长的告别"，记不得哪本书里这样形容认知症患者和他们亲人的别离。

如果亲人在毫无预兆的情况下突然离世，这样的痛苦真的是天塌地陷。但如果，有足够的时间准备，却要眼看着亲人身体犹在，心魂却已飘然远去，那又该是怎样一种痛苦呢？

这半年，在外人看来，妈妈的身体似乎没有多大变化，甚至还让人感觉"精神"了。但是只有我们知道，她正以一种不易觉察的速度继续衰弱下去：她走路更慢了，说话声音更小了，在床上的时间比以前多了。看着她的样子，我常会想到近些年很流行的一个词——"能量"。妈妈的能量快要无法支撑她身体的运转了。

但比身体衰退得更快的，是她的心魂。我分明已经真真切切地感觉到，她的心魂正在渐行渐远，慢慢地离开我们，离开她熟悉的家，向着那片陌生的、神秘的、我们难以企及的世界飘去。

是的，我回家的时候，她还会露出笑容，不过直觉告诉我，她并不是在对着"我"——她的大女儿笑，而是对着一个向她表示友好的人笑。"我"和院子里那些老同事老邻居们，对她大概没有多少不同了。

和她并排坐在沙发上的时候，我也分明感觉到，她其实已经"感觉"不到我的存在——不是看不见我这个"人"坐在那里，而是感觉不到我对于她的特殊意义。原本就不太会主动亲近孩子的妈妈，现在的情感就像秋冬时节的沙漠河流一样，正在变得越来越细，不知道哪一天就会彻底断流。

阿姨总是安慰我：她还是能分得出来家人的，你们回来她就会围着你们转。

"转"，是妈妈现在生活中最常见的行为。在天气不好无法散步的日子，早已不能读书读报、早已看不懂电视的妈妈，便以这样一种姿态在家里转来转去：睁着有些空茫、有些忧伤的眼睛，瘪着嘴角，紧紧捏着自己的衣角，从这个房间转到那个房间，用手摸一摸床单，碰一碰挂着的毛巾，拽一拽晒衣架上的衣服……我总觉得，这些看似无意义的动作，对她其实是有意义的，能让她在恍恍惚惚中，感觉到自己还在生活，甚至好像还在操持家务。

有时候，她的确会跟着我，我去别的房间，她也跟过来；我去上厕所，她站在厕所门口不走。我会忍不住猜想，她是想和我这个女儿在一起呢，还是因为无聊才做我的影子？或者是出于不安，才本能地跟在一个移动的物体后面？

我注意到，这两个多月来，她多了一个动作：没事的时候，她就会紧紧拽住自己的衣角，就像一个来到陌生之地的小女孩。

这个下意识的动作，让我意识到，她变得更加不安了。

慰藉物，我想到这个词。维基百科上说，慰藉物是一种物件，用来提供心理上的慰藉，尤其是在不同寻常的环境里。

妹妹小的时候，总要带一块小手绢在身边，尤其是晚上睡觉的时候，非吻着小手绢方能入睡。那时我还不懂什么叫作慰藉物。到自己有了女儿，人们已经发明了"安抚奶嘴"，我也知道带女儿去别人家住的时候，一定也要带上她的小被子，那会减少她在新环境中的焦虑。

现在，84岁的妈妈也需要慰藉物了，因为她每天都处在"不同寻常的环境"里——大脑的衰退已经让她不能识别出熟悉的信息，哪怕是在住了近30年的房子、住了半个世纪的院子里！当一切都变得陌生，陌生到让她不知身处何方时，那捏在手里的衣角，成了她抵御惶恐的秘密武器。

我收拾自己抽屉的时候，发现了一块儿小手绢，我想，妈妈会不会更喜欢手绢呢，就像妹妹小时候那样？于是洗干净，告诉阿姨让她试着塞给妈妈。谁知道，半个小时之后，这条手绢就不见了，之后阿姨在妈妈的裤裆中找到了它！

也曾经试过给妈妈一个娃娃，但妈妈始终对娃娃不感兴趣，从未主动抱过娃娃。我想这也不奇怪，我们几个孩子都不是妈妈亲自带大的，她缺乏抱孩子这样的躯体记忆和心理体验，内心没有的东西如何投射到外部啊！

妈妈的心脏、血压都很正常，也许还能活很久，但我们怎么才能留住她的心魂？怎么才能让她的情感不要像马航的MH370那样失联？

对于我来说，一想到这个被我称作"妈妈"的女人再也认不出我，再也感受不到儿女们的关心，再也不知道自己是谁，我同样觉得非常惶恐：我该怎样和这样一个身还在、心已远的妈妈相处？

语言早已不能帮到我们，能够帮助我们维系联结的只有身体了。

好在，几年来陪伴妈妈，给她洗澡、带她散步，我们彼此已经从不习惯身体接触，变得能够自然地给予和接受身体的接触了。从清洗身体，到拉着手，再到抚摸和拥抱，我们彼此的童年未曾得到满足的肌肤饥渴此时得到了满足。

在家和妈妈坐在沙发上的时候，不管说话不说话，我一定会用自己的手拉着她的手。我想，比起手绢来，这只有温度的手，应该更能让她感觉到陪伴的温暖吧？

我们常常就这样拉着手坐着，通常是我故意找个话头逗她说话，然后她就开始用我听不懂的 AD 语"回答"，我再抓住一两句能听清的话，故意设问，然后她又开始一段语言神游（我一直很好奇，她说的这些我听不懂的话，她自己明白吗？是否她拥有一套自己的内心语言，其实知道自己在说什么，只是不知道自己已经无法组织起句子了？而且奇怪的是，最近一段时间，有些简单的问话她居然又可以回答上来了，语言的功能似乎有一点点儿恢复）。其实妈妈在语言神游的时候，我也很难集中注意力，就像一个听不懂老师讲课的孩子，会开小差或者打瞌睡一样，鸡对鸭讲的对话真的很难坚持。我也早已没有什么"功利心"了，这样和妈妈聊天，不是要聊出什么，只是为了和她坐在一起，拉着她的手，让她感到不寂寞、不孤单，有人在陪伴而已。

当然，外出散步的时候，我一定是拉着她的手的，倒不是怕她丢，因为她现在的走路速度，无论如何也跑不出我的视线了。拉手，既能增加身体上的安全系数，让她不会摔跤，也能增加她心理上的安全系数，让她知道无论走到哪里，她都不会被丢掉。

每次散步回来，我的手都红红的，那是被妈妈攥的。有时因为被妈妈攥得太疼了，我也会抽出手来，再换另一只手"值班"。拉着我的手的妈妈，其实就是一个害怕失去妈妈的孩子，她要使出吃奶的劲儿，不让我这个"替代妈妈"离开啊！

我知道，她想拉住的，不仅仅是我的手，也是和这个世界的关系。

妈妈在努力，用她的方式努力和这个世界保持联结。我们也在努力，用我们的手，紧紧地拉住她，拉住她的身体，也拉住她的心魂。

但是，终有一天，我们将再也拉不住她……

初稿于 2014 年 7 月 28 日

21

袜子和福气

带妈妈去修脚，完事后师傅和我一起给妈妈穿袜子。师傅拿起妈妈的袜子，感慨了一声："老太太的袜子这么白，有福气啊！"

我好奇地问："您从袜子中能看到什么吗？"

修脚师傅说："一个老人被照顾得好不好，从袜子就能看出来。有些老人的袜子，就跟泥鳅一样。"

哦，真是啊。

生活是由一个个细节构成的。照顾老人家的人，常常并不知道老人家的困扰来自生活中的细节，比如，不能再弯下腰自己剪脚趾甲了；内衣破了但是没有力气去商场买新的了（不是每个老人都能学会网购的）；足部变形，再不能穿新皮鞋了；咳嗽一声，尿液就控制不住流出来了……通常，老人家不愿意提起这些不舒服和尴尬的"小事"，因为不好意思，因为不想打搅别人，或者像我妈这样，已经没办法说出来了。

我原本真的不知道这些。过年过节，总是想给妈妈买些礼物，比如看到她的皮鞋旧了，就会给她买双新皮鞋。但是，新皮鞋放在那里，日复一日，月复一月，依然是新皮鞋，我忍不住抱怨："给你买了新的，你干吗不穿啊？那双鞋太旧了，你穿着它让别人以为孩子不给你买呢！"后来我才明白，把变形的足部放到新皮鞋里，对她其实是一种折磨！

好在我跟老妈的个子差不多高，脚的尺码也一般大，后来我干脆把新皮鞋拿回家，先自己穿，直到把它穿松了、穿软了，再拿回家给她穿。我暗暗觉得好笑，原来老妈总是抱怨，自己作为老三，总是要穿两个姐姐的旧衣服，现在可好，又开始穿女儿的旧鞋了！

妈妈的足病，我们也一直没有特别地注意过，直到阿姨小杨来了，我们才知道需要帮助妈妈治疗。

试过几种方法和药物，钱没有少花，由于妈妈很不配合，并没有取得很好的疗效。于是，每过一段时间就带妈妈到附近的修脚店去修脚和治疗。

开始，妈妈还能在我们的搀扶下自己坐上修脚椅，到后来，就得抱着她坐上去了。这个半强制的行为，通常会引起她的反抗，所以她坐上去后，我们就要马上拉住她的手去安抚她。

修脚要先泡脚，一般得泡上十多分钟。这个高难度的任务着实让我"头大"。怎么才能让她老老实实把脚放在热水里，不把水盆踢翻，不从修脚椅上出溜下来呢？除了和她说话，让她感觉到被关注，通常我们还会给她按摩，从脖子到后背，从胳膊到手掌，有模有样地一套动作做下来，就减少了她"放任自流"或"胆大妄为"的机会。

修脚师傅动作娴熟，手艺高超，虽然偶尔会引起一点疼痛，但顶多让老妈"哎呦"几下，不至于彻底翻脸。经过他的修理，老妈的脚在鞋子里就舒服多了，尽管这不是她说出来，而是我们看出来的。通常，修脚结束，穿好衣服，戴好帽子，老妈也会笑眯眯地感谢师傅，和他告别，给人非常懂礼貌有教养的感觉。

带妈妈走出修脚店的时候，我内心忽然充满了感激。感激照顾妈妈的阿姨，能把妈妈"收拾"得这么干净利索，让她失智不失尊严；感激修脚的师傅，能够那么耐心，想方设法帮妈妈完成修脚的复杂程序。

又忽然想到，虽然在别人眼里妈妈是"有福气"的，但要是她不觉得自己"有福气"，这"福气"岂不是浪费了？毕竟"福气"不是用来给外人看的。

脑子一转，又冒出了个有点"邪恶"的念头：或许认知症找上她，就是为了让她忘掉生活中的不快，慢慢感觉到自己乃"有福之人"吧？中国人不是说"祸兮福所倚，福兮祸所伏"吗？

这一年来妈妈的变化，让我隐隐约约觉得，认知症可能让她获得了一种享受简单幸福的能力。

比如，妈妈不再是那个"凡人不理"的老太太了。散步的路上，她常常主动对人示好，她会面带微笑，甚至主动和人说话，还会冷不丁地对着行人"嘿"一声，就像小时候玩吓唬人的游戏一样。虽然有时路人根本没有注意到，或者妈妈的行为把陌生人吓一跳，但很多时候，还是会有人回应她。在妈妈生活的大院里和经常散步的马路上，我估计我的老妈大概已经有相当的知名度，因为她的"出镜率"很高，每天不是阿姨带着，就是女儿拉着，所以有些过去不熟悉的人也成了熟人，在妈妈主动向他们微笑的时候，也愿意对她表示友好，他们会停下来问她："你还好吧？""最近怎么样？"然后耐心地听妈妈用她的 AD 语说上一阵。那一刻，妈妈的脸上会露出真诚的、自然的、孩童般的笑容。

我猜，这些老人家愿意回应妈妈的微笑，一方面是因为妈妈的微笑让他们感觉到温暖，另一方面，他们也乐意给予别人关心，那会让他们感觉到自己是有价值的。妈妈的主动示好，对他们又何尝不是有意义的？这可真是双赢呢！

虽然不能和妈妈在情感上、思想上有什么深入交流了，可我发现，妈妈好像也比较容易满足了。有时候，我会故意胳肢她的"痒痒"（这种亲密动作在她生病前我是根本不敢的），她就会立刻咯咯地笑起来。那是放松的、自在的、由内而外的笑啊！

看到这样的笑容，谁能说她不是满足的、快乐的、幸福的呢？

也许，命运让认知症找上妈妈，就是为了让她回到童年，回到婴儿状态，让她在那种单纯的状态中，得到并不那么难以企及的幸福？

也许，我们该为妈妈感到欣慰，她能在人生的尾闾忘记一些不快，为自己找到简单的满足感与快乐，去享受自己这辈子的"福分"吧。

初稿于 2014 年 9 月 16 日至 19 日

22

父母在，不敢老

"你到家来个短信啊！"和我一同去太原讲课的年轻朋友，正经把我当成个"老同志"关心着，让我心里暖暖的。我们早上7点多坐高铁去太原参加公益活动，下午讲完课又赶晚上的高铁回京，她是为了不耽误周末孩子的活动，而我是为了第二天上午可以照顾妈妈晨起、早餐，再带她散一圈步。虽然有阿姨照顾妈妈，但不"亲自"做，总觉得没有尽心。

到西站已经23点多了。妈妈家离西站不远，我一个人背着双肩包"踽踽独行"，看到路灯下自己的影子，有一种孤独又很享受的奇怪感觉。

到了妈妈家，给年轻朋友发短信：放心吧，没人劫持老太太！

虽然自称"老太太"，但面对妈妈的时候，知道自己还只是一个小小老太太，是一个不敢老的老太太。

当晚做了一个梦：梦里，我拉着妈妈的手散步，两人越走越远，竟然找不到回家的路了。渐渐地，妈妈走不动了，我就把她背在背上；背不动了，我又把她抱在怀中。她的身体就像一卷行囊，柔软而顺服。我背着抱着这卷"行囊"，一会儿走在乡间的田埂上，一会儿又穿行在城市的窄巷中；明明觉得前面有路，走过去却发现不通，只好回过头去走一条不知通向何方的弯路。好了，前面有行道树有汽车了，心想走到那里就可以打车回家了，于是加把劲走过去，却发现没有公路，没有汽车，只有一个高架上的地铁站，一道不止百级的台阶通向高处的站台。站在台阶下，我有点想哭，觉得无论如何也不可能抱着妈妈爬上去了。好在梦中的我似乎还没有失去常识，觉得这么高的地铁一定会有电梯。终于，在一个角落里找到电梯，但它却停运了！疲惫、失望、困顿中，我居然在电梯边的屋子里发现了一位失联20多年的旧友，他答应帮我一起把妈妈抱上去，我总算松了一口气……

不用弗洛伊德先生出场，我也明白这个梦与我的压力和焦虑有关。这两年，为了有更多的时间照顾妈妈，我已经放下了许多我想做、能做、乐做的事情。这个学期，我甚至停了在北师大开设的"影像中的生死学"课程，有学生在微博上说"这个消息很残忍"。

谁说不是呢。我生命的沙漏已经倒了过来，生命的终点也在地平线上若隐若现了。只有我知道，我现在是多么分裂：在精神上，我仍然保持着一种活跃，仍然充满着求知欲与好奇心，仍然时常能冒出一些新的想法和创意；但我的躯体却背道而驰，越来越不能在将这种思维上的活跃转化为创造性的工作时为我提供动力。我能清晰地感觉到脚步一天比一天沉重，精力一天比一天衰退，有效工作的时间一天比一天少。这种分裂令我非常痛苦。我不太在乎头发是否白了，脸上的皱纹又增加了几条，但我真的在乎怎样"活着"，害怕余下的人生成了所谓的"垃圾时间"。所以，当我不得不在生命的天平上，减去能发挥潜能的砝码，将它们放在照顾妈妈一边时，心理难免也会失衡啊。

院子里的那些老头老太太，只看到我照顾妈妈时的"孝顺"，在他们眼里，我仍然是个孩子。他们不知道这个孩子也过了60岁，不仅要照顾妈妈，也要面对自己的挣扎和病痛，还要照顾其他亲人。

先生从台湾带回一本书送我，书名就叫作《父母老了，我们也老了》。过去，人活七十古来稀，一个人活到了退休年龄，父母多半不在世了。现在，从职场退休后直接到父母家上班的比比皆是！

台湾导演杨力州拍了《被遗忘的时光》，这部关于认知症老人的纪录片居然冲上了当年台湾电影榜 TOP 10。他说，当初并没有打算拍摄这个题材，即使受邀到专收认知症老人的机构采访了两天，也仍然没有拍摄的冲动。但那天，当他即将离开老人院时，看到了这样一个场景：一位六七十岁的老人，来送自己八九十岁的父亲入院，办好手续准备离开时，患认知症的父亲突然明白了什么，对着儿子大吼："我到底做错了什么，你要这样对待我！"头发斑白的儿子，只好哭着将老父亲带回家。

六七十岁的老人，照顾八九十岁的老人，这将是老龄社会最典型的场景，特别是在有着孝文化传统的中国。

这样的场景是很温馨，还是也会让人伤感和无奈？

当然，每个人都会有不同的感觉。要是非得扯到正能量上去，或许有人会说：你妈妈（爸爸）还在，多幸福啊！

不过别忘了，除了少数非常健康的高龄老人，大多数高龄老人已经"返老还童"，需要得到很多的照顾，更别说像我妈妈这样的认知症老人了。

隔壁的老人，102岁了，女儿退休后他就搬来一起住。女儿每天三次用轮椅推着父亲下楼，一推就是十几年。好在还是两代人住在一起，不像我和先生，退休后为了照顾各自的老人，还不得不经常分居。

还有一位医生朋友，医院希望能够在她退休后返聘，但因她的父亲母亲都年事已高，且坚决不愿意找保姆，朋友就只好承担起照顾二老的重任，每日买菜做饭洗衣洗脚，直到两个老人都睡下，才回到自己家中……

因为是照顾自己的父母，所以这里的真实感觉是不能为外人道的。留给外人看的，是孝顺、是幸福，留给自己的，是劳累、是辛苦。

很多时候，还不仅仅是劳累和辛苦。

坦率说，我老妈他们一辈人中，有不少人和她一样，当年因为"革命工作"（包括没完没了的政治学习和政治运动）为先，既没有亲自养育过自己的子女（孩子送老家、送全托、送寄宿、交保姆），也没有亲自照顾过自家的老人（常由留在老家的子女或亲戚养老送终）。如果命个名，也许可以叫他们"上没养老下没养小"的"独一代"。这种特别的生活经历带给他们的是什么呢？我觉得，他们在不知不觉间失去了很多宝贵的东西，比如：在一把屎一把尿中生成的依恋和信任，在一杯水一餐饭间凝结的亲情和责任，在一声哭一声笑里建立的理解和支持，在一次亲吻一个拥抱中表达的无限柔情……总之，是那些人性最深处的温暖，是爱的愿望和能力，是心灵的包容与弹性，是生命的活泼与欢快，是不离不弃的坚忍和信心。和那些亲自抚养过孩子、亲自照护过老人的人比，这"独一代"人多少都有些情感淡漠、人际疏离、自我中心，他们在情感上是贫乏的，因为他们似乎得了"亲情失血症"。

也许不能责怪他们，当整个社会都不健康的时候，作为个体，他们没有多少防御能力，所有人性的疫苗，都在一次次的"斗私批修"中被杀死了。几十年后，当患有"亲情失血症"的他们老了，需要子女照顾的时候，两代人之间的心理距离比年龄距离还要大，误会与摩擦因为缺少情感黏合剂很难弥合，这就使照顾变得难上加难。对于子女来说，不仅要在自己完成了抚养儿女的责任、正在变得衰老之际，重新成为自己爸妈生活上的爸妈，还要变成他们心理上的父母，去承受时代留给家庭的后遗症，去接纳不能提供爱却需要得到爱的父母——在付出大量的时间、精力、体力和金钱后，他们，也许仍然不会说一声"孩子，我爱你"。

这是我们的悲催，是我们的命运，但也是我们的使命。照顾好他们，不仅是为了他们，也是为了我们和我们的子女，因为只有照顾好他们，让他们感受到亲情的温暖，我们才会超越亲情失血症的影响，成为有情有义的人，生活在有情有义的关系中。

中国老话说"家有一老，如有一宝"，这个农业社会的老话，到了现代高龄社会正在变得不那么轻松：当周围的"宝"越来越多，年龄也越来越大时，照顾老人就会成为家庭与社会的沉重压力，更别提我们是一个执行了多年独生子女政策的国家。

所以，请千万记住，如果家里有"宝"，就千万别把自己当"宝"，只能把自己当作"护宝人"，哪怕你也腰酸腿疼、高血压糖尿病都得上了，你也要振作起来去护"宝"。你还没有资格把自己当作宝贝呢！

父母在，不敢老，这是高龄社会对我们的要求。好好锻炼身体，努力鼓足勇气，背起、抱起、扛起父母，去走下一段人生路。与其把照顾老人当作"责任"，不如当作"修炼""修行"——但愿，在这段路上，我们也会看到美丽的风景，也会有意想不到的收获，也会让自己的人性变得更善良、更美好。

（备注：这篇文章似乎每过一段时间就会被翻出来在微信中流传，它似乎说出了很多同龄人的心里话。）

初稿于 2014 年 9 月 30 日

23

小阿姨，小妈妈

带妈妈下楼散步，走出楼门下台阶的时候，有个挺年轻的女士（没看清正脸），从后面拍了一下妈妈的肩膀，喊了声："小阿姨，你好啊！"

"小阿姨"？这个称呼让我愣了一下。她叫谁呢？她该不是把我当作照顾妈妈的保姆了吧？不过我家保姆也五十有余，实在不算小了。

我一阵纳闷才发现，敢情她是叫我妈"小阿姨"啊！

我冲着她的背影喊了一声："嘿，'小阿姨'，我喜欢这个称呼啊！"

她在树影后面似乎回了下头，挥了挥手，快步走掉了。

呵呵，她居然叫我妈妈"小阿姨"！

"小阿姨"，以前是称呼那些年轻家政工的。但我以为，此"小阿姨"非彼"小阿姨"也，乃是"娇小"的"小"，幼小的"小"。

妈妈本来个头不大，老了以后就更加瘦小，确实是个"小个子的阿姨"。再加上患病后，心智渐渐退化，越来越像个小孩子，所以这个"小"也许还包含了"像个小孩子一样"吧?

"小阿姨",好有趣的称呼哦,里面有一点点怜惜,一点点调侃,一点点童趣,还隐约有一点点呵护。比起毕恭毕敬的"阿姨"来,"小阿姨"显得更亲近。所以如果别人叫我妈"小阿姨",那就叫吧!

要是别人叫我妈妈"小阿姨",那我是不是该叫她"小妈妈"了?

"小妈妈"?我的小孩一般的妈妈?

是啊,她是我的妈妈,现在也是我的孩子,我要喂她吃饭,给她穿衣洗脸,带她上厕所。我要紧紧地抓住她,怕她走路跌倒。我要哄着她,让她不觉得寂寞,让她能像孩子一样咯咯笑出声来。

她就是我的小妈妈!

我的这个小妈妈,曾经是我的"老妈"啊!

"老妈""老爸"这些词,好像是"文革"后期流行起来的,一直沿用到今天。仔细琢磨起来,"老妈""老爸"的称呼,貌似亲切,其实带着某种代际间的隔阂与切割,有时甚至带着一些不屑吧。

记不得是什么时候开始把她叫"老妈",但很多年里,我们当面或者背后都是这样叫她的。当我们说"老妈"怎样怎样的时候,心里面其实是不太把她当作"自己人"的——不指望她会理解我们,也不会和她分享我们的内心,甚至是我们的日常生活。"老妈"是与我们有着血缘关系,可以互相照顾,但并不亲密的那个女人。

当我开始将照顾妈妈的过程记录下来的时候，我用的也是这个貌似亲切实则生分的"老妈"。

不过有一天，我忽然开始在写作中使用"妈妈"这个词了，连我自己都吃了一惊：我知道从"老妈"到"妈妈"，这一字之差，实际上是我内心发生了变化——也许，在日复一日的照料中，特别是肌肤与肌肤的直接接触中，有些东西融化了，有些东西滋生了吧。那个很远、很有隔阂的"老妈"，渐渐变成了可以亲近的"妈妈"！

一岁多与妈妈的分离，让母爱在我的生命中失落，亲密的依恋只在梦中。现在，认知症竟然帮助我慢慢找回亲近的感觉，找回我的妈妈。我该诅咒认知症呢，还是该感谢它？这几个月来，每次回家，只要我张开双臂，妈妈也会张开双臂与我拥抱，这是我过去60年人生中都不曾享有过的啊！

不知不觉中，我的"妈妈"又要变成我的"小妈妈"了？我需要像呵护自己的女儿一样去呵护她，把她当成小宝贝了？

想起上周去北大医学部听王一方教授的课，他给博士生们讲《生死哲学》，说到绘本对"类童人群"也非常有帮助。

"类童人群"？呵呵，我第一次听到这个怪词。王教授说，他们是成人，但是在心智上却是孩子，比如认知症老人。

啊，妈妈正在回到童年，不仅生活技能已经退化到两岁左右，在心理上也变成了一个孩子——她常常会说"回家"，还常常问我们："爸爸呢？妈妈呢？"而在以前，一提起父母她就耿耿于怀，认为他们对自己不公平。我猜，当她的心智退化到童年早期后，或许在残存的记忆里，找到了父母曾经给予她的关爱，以及自己对父母曾有过的依恋。

我的小妈妈，就让我们慢慢去走你最后一段人生路吧，在我们的臂膀中，你可以放心地变成那个虽然脆弱，但是无比单纯的婴孩！

初稿于 2014 年 10 月 23 日

24

送妈妈上"幼儿园"

老妈睡下了。

我一件件地清点着她的东西：换洗衣服、洗漱用品、常用药物，最后从柜子上取下一张她的照片，放进包里。

明天，我们就要送她上"幼儿园"了，这个智力已经退化到两三岁的"妈宝宝"，要开始在养老院生活了。

望着地上的箱子、行李包和脸盆，57年前她送我上幼儿园的情景和眼泪一起涌出。

幼儿园的刘老师一直和妈妈生活在一个大院里，当年漂亮能干的她也已老态龙钟，每次散步碰到，她总是伸出拇指夸妈妈："那时候您真配合我们的工作，说不接就两个星期真的不接。"——"不接"的是我，我刚刚被父母从外婆家接到北京，为了让我尽快适应幼儿园的生活，他们按照幼儿园的要求，两周不来接我，也不来看我。我只记得，满口家乡话的我，不知道为什么见不到外婆了，不知道自己怎么到了这样一个谁也不认识的地方，我只能用哭来表达自己的孤单和害怕：小朋友吃饭的时候我在哭，小朋友睡觉的时候我还在哭，甚至小朋友洗澡的时候我都在哭……

现在，84 岁的妈妈要去"幼儿园"了，她会哭吗？

这个决心下了至少三年。

妈妈还没有患上认知症的时候，妹妹就带她去参观过养老院，都是条件很好的养老院，妈妈还在那里碰到了国外工作时的老熟人。可她一点儿心动的迹象都没有。

随着妈妈病情的发展，我和妹妹又考察过几家养老院，它们都在郊区，花红柳绿的环境和专业的照护，让我恨不得先把自己这个"小老太"送进去。

我们几次和妈妈聊起养老院，她都不接话茬儿，分明那不是她想去的地方。我们也知道，对于独来独往惯了的妈妈来说，"家"是她自己的领地、自己的王国，是她的精神堡垒，是让她感到最熟悉、最放松、最安全的地方。

这四年多来，保姆小杨一直照顾妈妈，她看着妈妈一天天地衰退，也一天天地摸索出一套照护的办法。加上我们姐弟妹三人和弟媳妇，走马灯似的轮流回家，给家里采买、带妈妈散步、为妈妈洗澡、陪妈妈聊天、喂妈妈吃饭，同时给小杨各种支持，因此虽然妈妈渐渐失能，但还可以保持较好的生活质量。

但小杨上有 80 岁老母，随着弟弟外出打工，家中独自生活且心脏不好的老母，让小杨牵肠挂肚。

虽然三天两头，小杨的老母也会来话说"情况还不错"，但对于我们而言，这"达摩克利斯之剑"*随时可能掉下来，要临时再找到这样一个有照顾认知症老人经验、做饭又合妈妈口味的保姆，我们实在没有信心。

那天，我在"助爱之家"微博群里看到，一家新的养老机构就开在妹妹家马路对面。难得有这么近的养老院啊，便约了妹妹去看。

那家养老院刚开张，老人还不太多。宽敞的走廊和活动场地、充满阳光的卧室，都让我们很满意。虽说价格不菲，豪爽的妹妹还是当场就交了押金。

押金交了，不等于决心下了。小杨家里又"阴转晴"了，妈妈的生活便继续在原来的轨道上滑行，直到小杨再次开始担心"万一"自己的妈妈出事。

人之常情啊，何况小杨和妈妈感情很好，何况小杨的父亲就是突发心脏病去世的，这至今让她感到内疚。

于是，我们姐弟三人加上当医生的弟妹，又浩浩荡荡到了这家养老院。这次，养老院的认知症老人区已经有了八九个老人。我们和客户经理、护理员、医生，一一进行了交流。考虑到妈妈现在已经基本不认识人了，对环境也不那么敏感了，同时又特别喜欢有人和她说话，我们觉得，送她进老人院的时机到了。

带妈妈到养老院进行评估后，定下了"入园"时间：2015

---

* 比喻时刻存在的危险。——编者注

年1月5日，那时候我们姐弟妹三人都在北京，小杨也还没有走，我们可以抽空多去陪陪妈妈，让她在新环境中，仍然可以看到熟悉的面孔，不至于因为一切都是陌生的而感到害怕。

养老院的客户经理说，老人来之前，一定要清楚地告诉她，不管她是否理解，都要直说，千万不能让她感到被骗来了。

怎么跟妈妈说？

告诉她"我们要送你去养老院了"？这么说，她能理解吗？她能知道这是我们反复权衡后觉得对她最好的安排吗？她会不会觉得我们不要她了？！

她的大脑已经无法理解我们为什么会做这样的选择，但她的情感还活着，还能对不爽的事情做出反应。前些天，阿姨给她洗脚她不配合，阿姨把她的脚往水里按，她就小发了一下雷霆，骂阿姨"你这个霸道的家伙"，惊得阿姨都笑出来了。这个糊涂的老太太，居然能把愤怒表达得这么清楚准确，一点儿不像失智啊！

几次张嘴，我都说不出"妈妈，我们要送你去养老院了"，于是我改了一个说法："妈妈，明天咱们去上次你去过的那个漂亮地方，你那天在那儿可高兴了！"

妈妈面无表情地看着我，一点儿都没有伤心难过的样子。

我松了一口气。也许，她真的已经无法理解我说的话了。但愿，但愿这样能让她少一点儿离家的痛苦，快一点儿适应新的环境吧！

1月5日，一切都出奇的顺利：

先生的车没有堵在路上，提前半个小时到了妈妈家门口。

早上叫老妈起床，她也乖乖地起了，早饭喂得很顺，都是一大口一大口地吃下去的。

给老妈穿上外衣，带她下楼、上车，都没费太大的劲儿，只是我，努力地不去回头看她的房间，我害怕想到也许她再也不会回到这个家了，就像爸爸当年离开这里去医院一样……

养老院的门口写着"欢迎 ×××（妈妈的名字）阿姨入住新家"，我拉着老妈照相，问她"×××是谁啊？"，她一脸茫然。

护理员来了，医生来了，营养师来了，被一堆陌生人包围着，妈妈没有烦躁，反而因为得到了关注，脸上有几分高兴——这正是养老院与居家的最大差别！妈妈的病情发展到这个阶段，她已经几乎记不住任何的人与事了，她不知道自己生活在哪里，也不知道我们是谁，陌生让她惶恐，惶恐让她需要他人来给自己定位。因此，生活在有很多人的地方，也许对她是有帮助的吧。

但是，我们谁也不知道，在她的记忆深处，是否还会残留着对"家"、对"亲人"的感觉，这些感觉会不会在什么时候突然苏醒了，让她意识到不在自己家里？那时候她会出现怎样的反应？会闹着要回家吗？就像台湾导演杨力州讲的那个故事。

妈妈啊，你千万别突然明白过来，以为我们把你抛弃了！你没有做错什么，我们也没有做错什么，我们只是希望你能在生命最后的几年里，享受到最好的照护。虽然你住进了养老院，我们

也会经常去看你、陪你，就像你在家时一样——我在心里默默地
祈求和承诺。

老妈的心，已经是一片深海，我们只能从偶尔涌起的波浪
中，窥见一点点她的内心世界。

那天上午，一切都安顿好了，我们拉着她坐到了大厅里。这
是认知症老人区的"起居室"，白天老人们大多会在这里。

这里也的确有几分像幼儿园：有的老人抱着洋娃娃坐在沙发
上，有的乖乖地坐在放好餐具的桌子边上，等着吃饭。

我拉着妈妈坐在沙发上，过了一会儿，我听见她用小小的声
音说"回家""妈妈"。

虽然在自己的家里她也会常常要求"回家"，常常要找"妈
妈"，但我还是心里一颤，担心此刻的她，还是敏锐地感知到了
环境的变化，心理上产生了紧张不安，就像当年那个刚从外婆家
到北京就被送进幼儿园的我一样。

发达国家对于孩子入园，通常不像我们中国当年那么简单粗
暴，会有一个过渡期的安排，比如，让父母提前带孩子到幼儿园
参观；比如，第一天上午妈妈可以留在幼儿园里；比如，每天让
孩子和家长通一个电话，让孩子感觉到父母并没有不要自己……
这种过渡期的安排，是为了减轻孩子的分离焦虑，让孩子更好地
适应新的生活。

我们也给妈妈安排了一个过渡期：在最初的两周中，我们
姐弟三人和阿姨，作为妈妈的"熟人"，会每天轮流出现在养老

院里，一方面减少她的分离焦虑，一方面也帮助护理人员了解她的状态和习惯，并且可以和他们商量怎样的照护对妈妈来说是合适的。

妈妈"入园"后的第一周，每天晚上都是在妹妹的陪伴下入睡的。虽然妹妹住的地方和养老院只有一街之隔，但妹妹还有自己的工作，每天傍晚，她放下工作匆匆赶来，待妈妈洗漱完毕，上床入睡后，她才悄然离去。

那天晚上，妹妹在微信中报告说：老妈洗澡呢，人家很专业啊，洗头洗澡老妈都没嚷嚷，我在外面偷看，她美着呢，还笑呢。

呵呵，我们放心了。

养老院和居家最大的不同，是团队照护。团队照护的好处是专业化，护理人员会摸索出一整套办法来。别说，用些小技巧来"对付"这些已经"不明事理"的老人，往往特别有效，护理人员也会少些挫败感；同时团队成员也会有许多的相互支持，机构也会创造条件帮助他们纾解压力——要知道，照护认知症老人实在是太不容易了！这几年来，每次回家我不仅仅是陪伴老妈，也是在陪伴照顾老妈的阿姨，听她诉苦，和她聊天，给她减压。

老妈的白天过得怎么样呢？

第二天上午我赶到老人院的时候，居然没有见到妈妈。原来，护理人员带着这一帮认知症老人到楼顶的阳光房晒太阳去了。老人们有的坐在藤椅上，有的坐在轮椅里，一个会唱歌的老人，正带着大家唱《东方红》，而我的老妈正跟着一起拍手呢。

热闹，养老院的确比在家热闹，即使老人不愿参与其中，周围也有很多人。

我不确定这是否能减轻妈妈的孤独和寂寞，但至少这里的人际互动要比家里多了很多。

也有不放心的事，就是妈妈的大小便。因为有了便意也不会表达，在家里时，老妈也开始偶尔尿床、尿裤子了。但有专门照顾她的阿姨，能够掌握大致的规律，按点带老妈去厕所，夜里也会叫她起来撒尿，甚至看到老妈抓着自己的裤腰，就能意识到老妈的需求，因此还没有搞到天翻地覆、不可收拾的状态。不管是出门，还是在家，老妈都还是那个清爽干净的老妈。

但到了老人院，那么多的老人需要照顾，护理人员又是三班倒，怎么能掌握她大小便的规律呢？

根据护理人员的建议，我们还是给妈妈买了成人纸尿裤和纸尿片。

各种类型的纸尿裤、纸尿片，在超市很容易就买到了。针对老龄化催生的需求，商家总是最敏感的。

如何让妈妈能感觉到舒服，又能减轻一点儿护理人员的工作量？我们仔细地研究了不同的品牌，还尝试了不同的"搭配"——接受限制，在限制中创造最好，我们只能这样安慰自己和这样去做。

在护理人员的工作台上，每个老人都有一本专门的记录。妈妈的本子上，也详细记载了她每日的生活，包括何时大小便。看来，护理团队是用心的，也有他们的一套办法。

那天我去看妈妈。从电梯中出来，远远地看到一个护理员正拉着妈妈（后来护理员说，是妈妈主动去拉她），在又长又宽的走廊里溜达呢。看着这两个人的背影，我觉得自己的心放下了。妈妈能把自己"托付"给护理员，应该是已经基本适应了吧？

当我从护理员手中接过妈妈的时候，惊人的一幕发生了：妈妈竟把她的额头贴到了护理员的脸上，表示她的高兴和感谢！

"嫉妒，让我嫉妒，我妈都没这样贴过我！"

嘴里虽然这么说着，但我心里是高兴的。妈妈不是一个喜欢和人亲近的人，在这个陌生的养老院里，她能表现出这样的温情，是多好的事情啊。

衰老总是伴随着衰退，这是生命残酷的真相。直面残酷，在残酷中创造温暖；接受衰退，在衰退中创造舒适，我们还会尽力而为。

初稿于 2015 年 1 月 5 日至 12 日

25

潜伏在养老院里

晚上走出妈妈所在的养老院时，经常会被门卫仔细地盘问。昨晚我突然意识到，他们八成看我头发花白了，以为我也住在养老院里面，要趁着月黑风高夜"飞越老人院"吧？

嘿嘿，他们不知道，其实我是一个潜伏在老人院的志愿者！

自从把妈妈送到老人院后，为了帮助妈妈平稳地走过过渡期，我们姐弟妹三人几乎每天都会轮流到那里陪伴老妈，我也由此开始了自己的"潜伏"。

作为一个非正式志愿者，但随时可以出入老人院的"家属"，我有自己独特的优势：

一是多年心理咨询和志愿服务的经验，使我相信这里有许多事情可做。不过，因为接受过专业训练，我知道要想在陪伴妈妈的同时，还能为其他老人做些什么，就不能莽撞行事。我需要时间来仔细地观察，慢慢了解老人们的状况，和他们建立信任关系，发现他们有什么显性的和隐性的需求；也需要看看如何协助护理人员，成为他们的帮手而不是给他们添乱。

二是我的志愿服务时间灵活，可以做得自然而然、随时随地，形式多样、不拘一格。

坦率说，妈妈刚到老人院的那些天，我被大大地"SHOCK（震惊到）"了——从陪伴一个失智的老妈，到面对一群失智的老人，看到他们那无法言说的生命状况，我心里充满哀伤，真不知道长寿到底是不是一件好事。我不愿意用很负面的词描述这些老人，但是它们真的在我心里翻腾着。

去得多了，渐渐地认识了不少老人，他们便从"一群"患认知症的老人，变成了一个个有名有姓、性情各异的老人，甚至我能从他们的行为中，隐隐地触摸到他们曾经的生命故事。

和我的妈妈一样，他们或许也有过投身革命的热忱，有过对工作的兢兢业业，有过抚育儿女的酸甜苦辣……我开始能捕捉到他们呆滞目光中偶尔的闪亮，他们那听不懂的 AD 语中所表露出的渴望，他们行动不便时的焦虑和挫败。

不同时间段的"潜伏"，也让我看到了照护人员的不容易。虽说作为这所高档老人院的"客户"，作为入住老人的家属，我们有权利随时发现问题，并请他们解决，不过，看到护理员们的辛苦，我更希望自己不是一个"挑刺"者，而是能和他们一起去解决问题。

现在，我比较多地选择在傍晚去看妈妈。我知道，妈妈的到来，给这个老人院的认知症区又增加了一个"喂饭族"和"游走族"（游走是中晚期认知症患者常见的行为）。如果仅仅需要喂饭，还比较好办；如果她不肯坐在桌前，这喂饭就比较麻烦，因为还有好几个老人需要喂饭。而晚饭后，护理员们轮班吃饭，偏偏那个时候老妈又特别喜欢游走，已经没有能力读书看电视的她，便在游走中消耗着时间和精力。

不知道傍晚是否也是妈妈最想家的时候，当这样想的时候，我是在假定她还有能力"想家"，还能察觉出不是在自己家里。其实，从她见到我时的反应看，她已经认不出我是谁了。

不管怎样，在太阳渐渐落下的傍晚，去给妈妈喂一顿饭，去陪着她在长长的走廊里溜达，也许就最能让她有"家"的感觉吧？

结果我发现，这个时候也是最需要志愿服务的时候。

昨天晚上，因为有个护理人员病了，晚饭时的人手就紧张起来。好吧，我也不把自己当外人了，一边儿给不肯坐下的老妈喂饭，一边儿照看着旁边的百岁老奶奶。这个老奶奶可真是了不起，大多数时候还能自己吃，不过也有"耍赖"不肯吃的时候。我拿起勺，将护理员已经切碎拌好的饭菜盛起来，老太太还真给我面子，我一说"L奶奶，张嘴"，她就把没有几颗牙的嘴张开了，吃了一勺一勺又一勺，比我老妈还听话！

喂完了老人们，护理员要轮班吃饭，留下来值班的护理员，又要照顾大厅中的老人，又要带有需要的老人回房间大小便，眼睛和手脚都不够用。好在我是"四眼"（戴眼镜），我可以用我的四眼不断"扫射"。看到哪个老人想起来了，就过去扶一把。

S阿姨和我妈一样，也是一个"游走族"，她目前的智力似乎还保持在可以识别环境的水平上，因此每到傍晚，她就特别不安生，总想找到楼梯和电梯。好吧，反正我的老妈也坐不住，干脆就一手一个，拉着两个老人溜达。有的时候，我老妈想往东，偏偏 S 阿姨想往西，站在中间的我被她俩拉扯着，都要把我给"五马分尸"了，呵呵。

J 阿姨也是这一层中"智商"还比较"高"的一个，在上午晒太阳的时候，傍晚等待吃饭的时候，曾经是文工团员的她，常常会为老人们唱歌，妈妈也会在歌声中跟着拍掌（在老人院，妈妈的人际互动显然比家里多了许多）。我知道，唱歌跳舞不仅能让 J 阿姨对自己有更好的感觉，也能给这片"精神荒芜"的区域带来一些生气。所以，一边拽着妈妈和 S 阿姨，我一边和 J 阿姨聊着天，问她会跳什么舞。J 阿姨立刻高兴起来，说："我们那会儿去给战士们慰问演出，什么舞都跳！"

我说："会跳民族舞吗？"

"会啊，那个鄂尔多斯……" J 阿姨说着就把双手提到胸前，哼着舞曲扭动腰肢和双臂跳了起来，那曲子我也会，赶紧跟着一起哼。

一曲蒙古舞跳了没几下，J 阿姨说"忘了"。没关系，咱再跳朝鲜舞、藏族舞、新疆舞……

穿着红毛衣的 J 阿姨，脸上都是快乐的光芒。

隔着十多米远，永远坐在桌前发愣的 Q 教授扭过脸来了，他看着 J 阿姨，嘴角上的肌肉松弛了，眼睛里有了一点光……

我这算是志愿服务吗？开始我并没想过，只是想搭把手，做点自己能做的事情而已。

当护理员帮助妈妈洗完澡，妈妈安安静静上床睡着时，我收拾东西走出了老人院。想到今天自己做的事情，我突然发现原来自己是潜伏在老人院的志愿者啊，虽然不会有人给我发志愿服务证书（在妈妈的养老院里，也常常会有公益机构的志愿者来服务）。

面对回家的漫漫长路，心里仿佛感到，这样的往返奔波，好像有了更大的意义。

初稿于 2015 年 1 月 21 日

26

霓虹灯下的老人院

窗外，街对面小饭馆的霓虹灯亮了。

在长长的走廊尽头，透过没有拉上的窗帘，三环边上的五星级酒店，也神气十足地点亮了自己的招牌，还上上下下地跳动着红点绿点。

我一只手拉着妈妈，一只手拉着 S 阿姨，在走廊上晃荡着、晃荡着，直到我都走累了，三个人才倒在长沙发上。

此时，护理员正一个个地把老人们推到自己的房间中，给他们"三洗"（洗脸洗脚洗下身），安顿他们睡下。

我这才注意到，Q 教授那张桌子早就空了，似乎吃完晚饭就没有见到他，或许他是第一个进屋入睡的？

Q 教授好像是个离群的人，我总是见到他一个人坐在一张桌子边，连吃饭都不到大桌子边上来。那张方桌上，也总是放着一只黑色的旧提包。我猜，这只须臾不可离开的包，对眼下的 Q 教授来说，可能就是他内心世界中最宝贵的东西，是他生命价值的认证物，是他与曾经的人生之间的重要联结吧。或许，很多年里，他就是背着这只包去给学生上课？或许，这只包里装过他的科研报告和学生的博士论文？或许，参加学术会议时，机票就塞在这只包里？

除了吃饭，除了护理员给他喝水，Q 教授就这样一分钟一小时一上午一整天地呆坐桌前，望着他的黑色提包，不说话，不走动，不笑，也不哭。

我被这巨大的寂寞震撼了。我不敢看，怕自己哭。

有一次，我拉着妈妈走到 Q 教授的桌子边，我对他说："您好啊，Q 教授。"

Q 教授似乎露出了一个笑容，不到一秒钟的笑容。

我拿起柜台上的杯子，喂妈妈喝水。Q 教授看到了，举起他的保温杯，示意我他想把他的水给我们。

我接过他的保温杯，没有打开盖，只是象征性地往妈妈的杯子里倒。护理员看到了说："你还是倒一些吧，他明白的，你不倒他会不高兴。"

我只好打开 Q 教授的杯子，把他的水倒在妈妈的杯子里。

Q 教授用浑浊的眼睛看着我，嘴里发出"嗯嗯"的声音，好像在表达他的高兴。

Q 教授，在他漫长的生涯中，一定是一个愿意分享的人吧？也许，他喜欢和学生们分享他的治学经验，和同道们分享他的研究心得，和朋友们分享他的快乐经历，而现在，他能和别人分享的，只是一杯水了……

又一个晚上，我拉着妈妈的手走到了 Q 教授的身边，我向他问好，他的脸上露出些许高兴的表情，这让我鼓起勇气来再和他多一点儿互动。

我问他："Q教授，您是教什么的啊？"

Q教授的嘴角动了又动，但这个问题似乎太复杂了，让他难以回答。

我又问他："是数学吗？"

"不，不……"Q教授听懂了，努力用自己的方法做出回应。

"是物理吗？"

"不，不……"Q教授又否认了。

"是工程吗？"

Q教授摇头。

清华大学的专业太多了，我想我问不出来了。

这时，Q教授把桌子上的黑包往前拉了拉，打开上面的拉链，取出了一个红色的东西。

这是一本荣誉证书啊！

Q教授打开了这本红彤彤的荣誉证书，是一个专业协会的全国会议发给他的。在证书的塑料套中，还有一张纸片，上面印着繁体字的"国立清华大学"字样，有当时的工学院院长叶企孙的签名。我不知道这张纸片到底是什么，我猜可能是Q教授当年的学生证，我留意到上面的日期是公历一九五〇年。

正当我感慨万端的时候，Q教授又从包中取出了一样东西，是一个装在塑料袋中的卡片，我一眼就认出，那是清华二校门的明信片，照的是二校门的夜景！Q教授颤颤巍巍地想把它从塑料袋里取出来，但是他已经做不了这样精细的动作了，努力了几次都没有成功。

清华的二校门，原来是清华的主校门，后来清华扩建，有了新的主校门，这座最早的校门就屈居老二了。"文化大革命"中，二校门曾被红卫兵拉倒摧毁，改革开放后得以重建。大概每个清华的学生，每个到清华大学游览的人都会在这里留影，因为它是清华大学的象征。

一本荣誉证书，一张清华二校门的照片，Q教授一直把它们带在自己的身边，放在触手可及之处，因为那是他生命的见证，是他最为自豪的人生经历。

我不敢在Q教授面前再停留了，我怕自己忍不住泪水。我想，衰老与失智夺去了Q教授许多宝贵的能力，但是他的内心深处，仍然知道并认同自己是清华人，清华大学与他的生命已经合二为一了。我希望，这样的感觉能一直伴随老人走到生命的最后……

"回家，我想回家。"坐在轮椅上的G阿姨，对着年轻的实习护理员说。20出头的小姑娘，抚摸着G阿姨的手说："好，好，一会儿咱们就回家。"

我猜不出G阿姨的年龄。她皮肤光滑白净，头发一丝不乱，身上穿着淡驼色的毛衣，常常是坐在轮椅上一言不发，而且活动区域也主要是在接待台附近，不怎么"扎堆"。

我有一种直觉，她应该是个知识分子。也许更准确的说法是：她曾经是个知识分子。

我的确猜对了，她居然和妈妈是一个单位的。可惜她的生命故事已经埋在轮椅下面，无法被我所知。

我拉着妈妈的手走过去，指着妈妈问 G 阿姨："您是 ×× 单位的？我妈妈也是 ×× 单位的。"

G 阿姨睁大了眼睛直直地望着我，好像在说"是吗"，又好像在说"我不认识你"。我能感觉出，G 阿姨并不想和我们互动，只好礼貌地和她说了"再见"。

G 阿姨被推回房间里了，不知道她会不会觉得那就是"回家"？

护理妈妈的经验让我知道，认知症老人们喊"回家"，有着特殊的含义：他们的大脑衰退到一定程度，已经完全不能辨识自己的生活环境和周围的亲人，因此，即便是生活在自己住了几十年的家里，他们也会想"回家"，"回家找妈妈"！

我只是不知道，在什么时候，什么情况下，他们"回家"的愿望就会突然冒出来？

是日之夕矣，天渐渐黑下去的时候吗？

是大脑中那些已经纠缠在一起的神经细胞，突然伸开搭上了其他神经细胞的突触，让他们一瞬间明白了自己不在自己家里吗？

是身体上的某种他们无法表达的不适，唤醒了他们婴儿时期的记忆，让他们本能地想要"回家"找"妈妈"吗？

G 阿姨眼神里那坚定中的茫然，也是我不敢直视的。好在，G 阿姨的女儿和女婿是这个照护区中最孝顺的孩子，他们几乎每天都会来看 G 阿姨，G 阿姨也总是一遍遍念叨着女婿的名字，她大概早已把他当作自己的儿子。有孩子的地方就是家吧，我想 G 阿姨一定是这样感觉的。

　　大厅里的老人越来越少了。在接待台前，W 伯伯拿着一支笔，从上到下，在报纸上一行行地划过，专注地仿佛一切都不存在了。

　　护理员推出了一个老人，正是和 W 伯伯一起住在这里的老伴儿。到养老院考察的时候，这个老太太告诉我，这里挺好的，他们挺细心的。我当时很惊讶，一个认知症老人能这么清楚地表达？原来，老太太患的是帕金森，肢体不受控制了，头脑却一清二楚。他们两个，一个阿尔茨海默，一个帕金森，就都住到了这里。

　　妈妈有一对老朋友，几乎和这老两口一样，只不过是女的阿尔茨海默，男的帕金森。当"帕金森"叔叔不得不住院治疗时，"海默"阿姨就会满世界去找。老干部管理部门不止一次为他们找了住家保姆，都被"海默"阿姨赶了出去。他们唯一的女儿远在美国，不可能照顾他们。无奈之下，老干部局把"海默"阿姨送到了老年病院，直到"帕金森"叔叔离开人间，他们都没有再见面。我们都说，他们如果早一点儿一起住进老人院就好了，至少能彼此陪伴终老。

　　护理员给老太太的腿涂上按摩油，一点点地按摩着。W 伯伯仍然旁若无人地坐在那里"读报"。虽然两人之间并无任何互动，但毕竟是生活在一个空间中啊！

望着灯光下 W 的侧影，我很好奇夜里经常闹着不睡的他，此刻为何能那么安静？也许，他原来就有每天读报的习惯，就像妈妈患病后拿着张颠倒的《参考消息》也能一看半天一样？也许，几十年来他习惯了在报纸社论中寻找某些特别的信息？也许，他常常要在领导的报告中，划出重要的段落以便"领会精神"？

不管读报在他的一生中有何意义，在他当下的一日中，能有这样安静投入的时段，对他，对护理人员，都是幸事吧。

在所有的老人回房睡觉之后，这个 W 伯伯从报纸上抬起他双眼的时刻，也就是开始躁动的时刻。为了确保他的安全，护理人员只能让他睡在大厅里……

漫漫长夜，W 会感到孤独寂寞吗？他如何排遣他的寂寞和孤独？当窗外只剩下霓虹灯的闪烁时，如果进入到他的内心世界，那里面是否还有苍茫大地上的沉浮和世界风云的变幻？

厅里的大电视一直开着，两个坐在轮椅里的老人貌似在观看，但他们太安静了，安静得对节目没有任何反应。中国队小组出线了，他们没有欢呼；电视剧里死了人，他们也不会伤心。其实，是看电视剧还是体育赛事，老人们都无所谓，家庭里的遥控器大战，在这里不会有一丝硝烟，因为——别管什么节目，老人们基本看不懂了。

你能相信，有人连电视都看不懂吗？如果你养过小孩，你一定知道，即使是一岁的宝宝，看到电视里的广告也会做雀跃状。

可对于患有认知症的老人来说，那些不断闪烁变换的画面，那一串一串涌出来的声音，实在都太快了，就像一个残疾人，面对着一台发球机，前面的球还没接住，后面的又飞过来了。何况，老人们的大脑还在不断地"刷屏"，刚看过的画面就被刷掉了，无法完成有逻辑的连接，也就无法形成可以理解的意义。

节目虽然不能理解，但是这台大电视，对这个大厅，还是有着特殊意义。它端端正正地放在前方，为老人们定位了一个视觉中心，也定位了一个心理中心。

L教授是这个中心的常客，不过我猜，如果能够选择的话，她一定会避开这个中心，找个安静的地方待着。她之所以会在那里，是护理员用轮椅把她推到那里的，而她已经不会表达自己的意愿了。

我是过了好几天才把L教授认住的，因为她太像班级中那种影子一样无声无息的人。

护理员们说，从来没有听到过L教授说话。

这个曾经以说话为职业的人，已经丧失了说话能力，但是没有丧失一种气质。她总是安静地坐在轮椅上，穿着天蓝色运动服的小小身子陷在里面，小小的圆脸盘上带着浅浅的笑容。

L教授的笑容很特别，似害羞似淡定，腼腆得像姑娘又慈爱得像母亲。所以，即便她很安静，没有任何声音，你仍然能感到她还有个内心世界，甚至她还努力地守护着这个内心世界，就好像守护着一个秘密基地。

吃完晚饭，护理员从轮椅中把L教授拉起来，用双手拉着她的双手，引导她回屋上厕所。我看到她很认真地挪动着弯曲的腿脚，不挣扎，不耍赖，脸上仍是这害羞又淡定的笑容。

上完厕所回来，护理员把她放到了我们坐的沙发上，给她垫上了两个靠垫，她才能靠在沙发上。不一会儿，L教授的身子就歪了，脑袋靠在了妈妈的肩膀上。也许，她以为此刻靠着的，是自己母亲的肩头吧？反正那个地方，是挺舒服挺值得信赖的。

我侧过身去，冲L教授笑笑，说了声"您好"，又拉了拉她的手，算是打过了招呼。

L教授微笑地看着我，仿佛很愿意和我产生联结。

我冲她伸出一根指头，对她说："1——"

"1。"我听到了L教授的声音！

"1点。"我再次尝试。

"1，1点。"

L教授又发出了小小的声音，就像一个刚刚开始学说话，又有点怕说错的孩子。

我大喜过望，又伸出了两个指头"2——"

L教授露出了一丝迷惑，张了张嘴，却什么都没说出来。显然对她来说，这个升级有点太难了，暂时无法完成。

我问护理员，L教授在哪个大学工作，教的是什么，护理员说不知道。

不过，L教授的笑容，让我可以十分有把握地说，她一定是那种既兢兢业业，又对学生非常关心和体贴的好老师；在家里，她应该也是个温柔的妻子、慈爱的妈妈吧。

"啪"，护理员把大厅中的一排灯关掉了。

除了在接待台专心致志读报的 W 伯伯、半醒半睡地坐在电视机前的 Z 奶奶，就剩下长沙发上我们一溜儿四个人了。

刚才还和我们一起溜达的 S 阿姨，这会儿在我的右边打起了小呼噜。

S 阿姨是这群老人中的年轻派，腿脚好像还挺有劲儿，根据我这几天的观察，S 阿姨的病程显然比大多数"小朋友"要"落后"，也就是说，还没有进入晚期。

可这对于护理人员来说，实在算不上什么好事，因为认知症中期的病人，才是最难护理的——这不健全的心智一旦运作起来，一些奇怪的行为就会出现，比如藏东西、找东西。而且，他们虽然已经不能现实地思考，却还会表达自己的愿望，但当这些愿望不能满足时，那份心焦让他们无法安静下来，他们就成了走廊和大厅中的"游魂"。

妈妈"入园"的第一天下午，S 阿姨就拉住我问："咱们不是出去吗？""咱们不出去了？""他们不是说来接咱们吗？""咱们什么时候走啊？"

S 阿姨好像随时都想走，我觉得她明白自己是被关在一个地方了（为防止认知症老人走失，楼层的门需要刷卡才能打开，他们没有卡，也没有了刷卡的能力）。我们一起散步的时候，她会拉着我一直走到走廊的尽头，推推红色的玻璃大门，然后叹息一声："门怎么关着呢？"我们顺着走廊往回走，她又看到了房间的门把手，她转了转把手，又叹息一声："打不开！"

S阿姨是小学老师，她能清楚地告诉我，自己既教数学也教语文。当我帮了她点小忙时，她也总是说："谢谢你啊，你真是个好人啊！"

我笑着回应她："您真不愧为老师，知书达理啊。"

那个时候，她就会有点害羞地笑一下，安静片刻。

但是，没有一会儿，S老师又开始了游荡、寻找。

怎么能让S阿姨少一点儿焦虑呢？我试图让她帮助妈妈，比如拉着妈妈的手散步，或者帮助一个很想走动，但步伐不稳的H阿姨。S阿姨非常乐于这样做，但是却又总是担心自己没做好，动不动就开始自责，担心别人会说自己。我在这自责中，看出S阿姨是个责任心特别重的人。我对她说："您过去一定是个很负责任的老师吧？"

S阿姨眉头松开了，用她的东北口音高兴地说："我就是特别有责任心，咱不能误人子弟，是不是？"

我猜，S阿姨一生经历过不少让她操心的事情，也是依靠对人的热情和极为负责的精神，让她在漫长的岁月中活出了自我吧。

我多么希望，S阿姨能放下焦虑和自责，更轻松从容地享受剩下的岁月啊。

好奇怪，别人都一个个进屋睡觉去了，百岁的L奶奶却还精神头十足。她怀里抱着个洋娃娃，却把头转向我，问我："我妈哪去了？我妈啥时候来啊？"

一个百岁老奶奶抱着洋娃娃，却让我帮着找妈，这么穿越的场景，让我不知道该笑还是该哭。

L奶奶是这里年纪最大的老人，也是最可爱的老人。我喜欢远远地观察她和那个娃娃互动：有时她会把娃娃竖着抱起来，亲亲娃娃的额头，再放到自己的腿上，揪揪娃娃的头发，擦擦娃娃的小脸，对着娃娃的小脑袋唠叨着什么；有时候，她会把娃娃放在胳膊弯里，另一只手轻轻地拍着，像是在哄娃娃睡觉。甚至，她会用自己的衣襟把娃娃包裹起来，紧紧地搂在怀里，好像生怕把娃娃冻着。

L奶奶抱娃娃的动作是那么有爱，让我好生陶醉，我想，只有发自内心爱过孩子的人，才会把娃娃抱成这个样子。

老人家常常会问旁边的人："你是马家营的吗？"

旁边的人逗她："是啊，我是马家营的，你不认识我吗？"

"你是马家营东头的还是西头的，我怎么不认识你？"老奶奶说。

马家营，是她的家，准确地说，是她的婆家。而她的娘家，我们所有的人都知道，是"刘家庄"。

有时候老人家也会说："你是马家营的，你怎么不送我回家啊？"

老人家这辈子肯定养过很多孩子，自己的孩子，孩子的孩子……也许，养育孩子就是她这辈子最大的快乐、最大的成就吧。

周末的时候，老奶奶的家人来了，半大的小伙子，没长熟的大姑娘，不知道是孙辈还是重孙辈。他们在老奶奶身边待了两三个小时，这真是令我惊讶。是什么让他们愿意陪在L奶奶身边呢？

也许，那个洋娃娃知道所有的秘密。

老人院的认知症老人区，给了我一个观察老人的机会，更给了我一个认识生命的机会。

初稿于 2015 年 11 月 15 日

27

流感来了

流感来了，养老院里好几个老人发烧了。我的妈妈也发烧了。

和往常一样，我在晚餐时赶到养老院，想亲自喂妈妈吃晚饭。

走出电梯，往餐桌上一瞅，妈妈没坐在那里。这也没什么，作为一个"游荡族"，她常常不肯坐在餐桌边吃饭。但怎么站着的人里面也没有她？

我往沙发上扫过去，发现沙发上歪着个灰色的身影，好像是她，可看着歪得有点不正常啊？

三步并两步走到她身边，发现妈妈闭着眼睛，锁着眉头，面容显得很痛苦。旁边端着饭的小护理员想喂她，但怎么叫，她都不张嘴，也不睁眼。

这是怎么了？护理员说，下午的时候她还好好的，四点钟试了表，并不发烧，不过后来妈妈就开始犯困，怎么也不肯睁眼，现在摸上去也有点热。

几年来，虽然妈妈的认知症症状越来越重，却很少发烧感冒。突然看到妈妈这副样子，我心里有点紧张，除了发烧外，我似乎更担心妈妈的昏睡，别是有脑血管意外吧？

养老院的医生来了，给妈妈试了表，37.6℃，有点烧。医生说，还是去医院的发烧门诊做一个检查，看看是不是得了流感，老人院里有好几个老人发烧了，有流感。除了看发烧，也去神经内科看看，做个脑部 CT。

给弟弟、妹妹打电话。我一个人，无法想象如何带着这样的老妈去医院。好在妹妹刚到家，她说："马上过来。"

我和护理员一边一个搀着妈妈往她的房间走。神奇的是，行走似乎让她清醒了起来，坐到房间的椅子上，脸色也红润了些。我想，赶紧让她吃点东西，去医院还不知道几点能回来呢！

细心的护理员把小米粥和发糕都用微波炉热过了，我和赶过来的妹妹一起，一点点喂给妈妈，她居然把一碗粥全都喝下去了，发糕也全吃了。吃了饭的妈妈看上去精神又好了一些，看来不像脑血管意外。

外边的天已经黑了，要不要带妈妈马上去医院？我们有些犹豫，不是因为怕麻烦，实在是因为妈妈现在已经完全不能够像常人那样去理解外边的世界了，天黑会让她感到特别害怕，一害怕她就会抓狂。

要不要让先生马上开车过来，有个熟人开车妈妈会不会好一点儿？但是此刻，先生正独自照顾着 92 岁的老爸，老爷子头天夜里上厕所没开灯，把自己磕了，也预备明早去医院呢。

但养老院的医生还是希望妈妈能尽早去医院，她说医院可以做咽拭子，马上就能知道是不是流感，如果是流感的话，医院的特效药可能会很快控制住病情。

好吧，下决心走吧！

妹妹用滴滴叫了专车，但给妈妈穿衣服真的是费了大劲儿，她不明白为什么让她穿衣服，说什么也不肯把胳膊往袖子里伸，最后在两个护理员的帮助下，总算穿上了。

幸亏是专车，司机很有耐心，我们一边哄着妈妈一边把她往车里塞，我在车里拽，妹妹在外面抱，妈妈在车门口挣扎，好一阵才上去。

医院外面除了"急诊"的霓虹灯亮着，四周一片漆黑。我和妹妹又是一场苦战，才把坚决不下车的妈妈弄下了车。

分诊的护士给了我们一支体温表、一个口罩，对常人来说，试表和戴口罩都是再简单不过的任务，可是妈妈不能理解啊！任何加诸她的事情，都让她感到不安全，都让她觉得是被侵犯。她反复地把口罩抓下来，我们只好绝望地让她暴露在交叉感染的危险中，勉强完成了试表的任务。好在，37.4℃的体温没有再增加我们的焦虑。

进了诊室，妈妈不肯坐下来，医生只好站起来为她听诊、检查咽部，并从鼻腔中取样。医生说，还是验个血吧，如果她实在不能配合，可以退钱。

头大啊，光是脱衣服露出胳膊就不知道要费多少劲儿，就别说扎针和衣服脱了还要再穿上。幸亏老妈手部的血管特别粗，我和妹妹一边一个连抱带抓，让护士放心地扎。一针下去，妈妈惨叫起来："啊！你们要害死我啊！"

这一声惨叫惊动了保安，惊动了候诊的病人，人们以为出了"医闹"呢，纷纷往里探头。我们一边帮妈妈按住针眼，一边赶紧又是搂抱又是亲吻，让妈妈安静下来。

一个中年男人过来问怎么回事，妹妹告诉他妈妈是认知症老人，中年男百感交集地说，自己的老爸也是，而且家里需要他照顾的是四个老人。"唉，也许我前半辈子太顺了吧，后半辈子就要多承担些。这也是给我一个机会吧。"中年男几分无奈几分勇敢地说。

"不容易啊，真不容易啊，你也好好保重。"我们对他说。

候诊椅子上的一位阿姨，看着我们姐妹两个拉着妈妈，轻轻地说了一声"真好"，眼睛里竟有了泪光。

虽然，化验表明妈妈没有患流感，只是普通的感冒，但是我们姐妹两个一点儿也轻松不起来。

去年的体检，妈妈因为不能配合，只勉强完成了验血和心电图，我三次把她放到B超的床上，她三次从床上下来，最后只好放弃。

不到一年，她又退化了很多。这次看病，更让我们担心，以后妈妈病了，该怎么检查怎么治呢……

回程又是一番苦战，等回到她明亮的房间里，帮她脱了衣服，看到她基本恢复了常态，我的肚子也开始叫了。已经九点多了，我和妹妹都还没有吃饭。

住得近的妹妹让我先走，她要喂妈妈吃完药，等妈妈睡着，才回去。

走到大厅里，看到百岁的奶奶坐在那里，身上接着心电监护仪。她 70 多岁的女儿、40 多岁的外孙，还有不知道是儿女辈还是孙辈的人，七七八八地围着奶奶。看到这场面，我觉得好感动，也有点心酸——作为独生子女的父母，我们不会有这样的福气，如果我们失去了独立生活能力，如果我们病了，如果我们不幸也失能失智了，孩子要承受多大的压力？

大街上，火树银花的，哦，明天是情人节，然后是年三十。

生活还在继续。

生活总要继续。

唯愿流感不要继续了。

（又：妈妈今天好了很多，妹妹从微信中发来照片，老太太又有了神采！）

初稿于 2015 年 2 月 14 日

28

"绑架"老妈过春节

羊年春节到了。

爸爸去世后的 20 多年里，每年春节我们都会选择一天在妈妈家聚餐过年，之后再轮流邀请妈妈去各自的家中。今年，妈妈进了养老院，这个"年"该怎么过才好？

妹妹说，找一天把老妈接出来，到和养老院只有一街之隔的她家聚。妹妹发出邀请时，有些伤感地说了一句"以后能这样聚的日子不多了"。

日子定在了大年初二。之所以不是除夕，不是大年初一，是因为我还有 92 岁的公公，弟弟和弟媳家也有两个快九旬的老人，他们也都需要陪伴，各自也要安排大家庭的聚会。

除夕之夜怎么办？妹妹自告奋勇去养老院陪妈妈，一直到妈妈安然入睡。

天气预报说，初二有雨夹雪，再加上前几天的医院之旅，让我仍然"心有余悸"，实在没有把握能让妈妈顺利"飞越"老人院。我对妹妹说："咱们还是做两手准备，如果老妈坚决不上车，那我就留在养老院，喂她吃完午饭再到你家来。"这就意味着，家庭聚餐的核心人物——妈妈，或将最终缺席。

上午十点多，我和先生开车到了养老院，弟弟和弟媳已经到了。看到妈妈穿了我给她买的新羊绒衫，我心里挺高兴。再怎么说，也是过年啊！

如何在一个雨雪天，把已经"不明事理"的妈妈弄出门、弄上车、弄下车、弄上楼？难啊，真是难。于是我动了不少"小心思"：

养老院温度比较高，外面温度比较低，也许这个温差可以利用一下，让她因为感觉寒冷愿意往车里钻？

尽量减少不必要的程序，比如穿穿脱脱的事情？

让先生把汽车开到大厅门口，我和弟弟、弟媳带妈妈下了电梯，在出大门前才给她穿羽绒衣，免得她觉得燥热。可是，才穿进了一只袖子，她老人家就不干了。

妈妈脾气一来，事情就要黄啊。我们只好将就着她，不再给她穿第二只袖子，而是由弟弟紧紧拽住她的衣襟，不让她受风寒。好在，大门和车子之间只有三四步路，门外有顶棚，妈妈也不会淋着，只要动作快，应该不会冻着她老人家。

说时迟那时快，我们几个就像一支训练有素的特战队，很默契地开始行动：我给妈妈戴上了帽子，一把拉开大门，弟弟搂着妈妈往外走，先生打开车门，弟媳爬进车里，我们把妈妈往车里抱，弟媳妇在里面往上拉。虽然妈妈叫着"干吗啊""干吗呀"，但终究"寡不敌众"，被我们塞进了汽车。

车开了，我回头看到妈妈因为生气而拉长的脸，真不知道该哭还是该笑。希望她见到妹妹时，就能忘记这一切吧！

　　能把妈妈弄上车，只是"万里长征走完了第一步"。下车，同样是一场苦战。

　　车门打开，妈妈两手抱在胸前，一副"我就不下车，看你们怎么着"的样子。路边不能长时间停车，她的大脑也早已消化不了"道理"，开着车门也冷，情急之下，我们只能再次连哄带抱把她弄下了车。旁边的路人听到了老太太的叫声，引颈向我们这边张望。

　　是啊，不理解"失智"是怎样一种状态的人，看到这情形，八成以为我们绑架了老太太呢！

　　由于汽车不能开到妹妹的单元门口，妈妈还要和我们一起下车后穿过会所进入小区。可是会所门口的穿堂风又把妈妈惹恼了，她连连后退，说什么也不肯出去。

　　地上不行就走地下吧。通过会所的电梯，我们到了地下车库，再扶着妈妈穿过车库（好在里面不算太黑）到达单元的电梯。万幸的是，进出电梯时妈妈虽然极慢极慢，却还愿意走。就这样，我们成功地完成了妈妈的"空间大挪移"。

　　三个子女都在跟前，三个子女想和她一起过年，妈妈心里明白吗？高兴吗？

　　我们已经判断不出妈妈是否明白了，她神情淡然，又开始像游魂一样在妹妹家中走来走去。我们唯一能做的，就是去拉住她的手，让她感觉到安全。

　　饭菜准备好，所有人都就座了，妈妈仍然不肯坐下来。举杯祝福的程序，只好免了吧！"祝妈妈身体健康"这样的话，说着也太苍白了。

我站着喂妈妈吃妹妹炒的虾仁、自制素什锦，慢慢哄着她坐了下来，把饭喂完。

大家都吃饱了，妹妹提议和妈妈合影。我们都知道，合影是我们能够"留住"妈妈的唯一办法。合影是件再简单不过的事情：站在一个地方，看镜头，笑，完事！可是这些简单的指令和动作，妈妈都理解不了完成不了了。结果，在什么位置合影，只能完全取决于妈妈，她转到哪个方向，我们就马上跟着她转到哪个方向，迅速排好队。"看镜头！妈妈看镜头！"喊来喊去，镜头中的妈妈大多还是走神状。

镜头里留下的妈妈，不那么喜笑颜开，更不那么神采奕奕，甚至目光空茫，但有妈妈的年，我们过得很珍惜。

把妈妈送回养老院，我们都知道，以后的家庭聚会，就只能在养老院里进行了。

初稿于 2015 年 2 月 20 日

29

特立独行的小 lulu

一转眼，妈妈进养老院已经半年了。

半年，意味着打破了那个"魔咒"啊！一位在美国从事认知症研究的华裔专家曾劝我：能不送最好不送，送进去会衰退得更快，顶多就是半年吧。

"顶多"什么半年？她没说出来我也懂。

现在，半年过去了，老妈依然无恙。虽然她略瘦了一些，吃东西略少了一些，但还能自己四处走动，也适应了养老院早睡早起的时间表，夜里除了护理员叫她上一次厕所外，可以安稳地睡到天亮。看上去，她还是那么干干净净，清清爽爽，护理员一声"小 lulu"，就能让她开心地笑起来。

不仅老妈，认知症区的所有老人，包括百岁的 L 奶奶，97岁的 Z 奶奶，患糖尿病的 H 阿姨，几乎从未开口说话的 L 教授，还有其他的"轮椅老人"，全都好好地活着，虽然也曾有人患流感，也曾有人上过心电监护，但半年里整个二楼没有失去一个老人，这完全出乎我的意料，我觉得多少算是一个奇迹吧。

可这个奇迹是怎么回事？

是因为护理员对老人的身体照顾得很周到吗？在养老院三天两头地进出，我一直在悄悄地观察着护理员的工作。开饭时，我看到他们为了让老人多吃一口，花了多少心思、想了多少"招数"，各种的"连哄带骗"，甚至还有"这米饭都是要粮票的，您不吃就浪费了"；就寝前，我看到他们为坐在轮椅上的老人按摩，挨个儿给老人洗脸洗脚；最需要"技术"的当属洗澡，那一招一式都是经过训练的。还有一天几次来喂药的护士，又是怎样一次次哄着老人把药咽下去，请他们张开嘴检查。还有定期来给老人修脚的师傅，如何在护理员的协助下艰难地完成工作……

我不敢说老人们得到护理团队百分百的精心照护，因为他们实在有忙不过来的时候。我也不敢说，团队照护就没有风险。但这么高龄且患有认知症的老人，即便在家风险也同样存在，甚至更大，因为保姆不可能 24 小时都在身边，除非请两个以上的保姆，但那又免不了要处理保姆之间的矛盾，你还需要不断给保姆情感上的支持。

也许，在这家养老院里和在家里最大的不同，就是这支护理团队营造出的某种氛围。

"氛围"这个词很虚，不光是环境布置、灯光调节，其实人们的眼神、动作、语言，也都在悄悄地建构着这个所谓的"氛围"。

就从护理人员对妈妈的称呼说起吧！

妈妈刚进养老院的时候，护理员称呼她"陆老师"。对什么人都叫"老师"，这是颇具中国特色的表示尊重的行为。奈何妈妈却对"老师"毫无反应，因为在她的工作与生活环境中，没人叫她"老师"。

后来，护理员又改叫她"陆阿姨"，年轻的护理员就叫她"陆奶奶"。

从什么时候开始，护理员开始叫她"小 lulu"呢？我们不得而知。我们过去都是叫她"老妈"。随着她的退化，我们有时会用她的小名来叫她，既然她的心智已经回到童年，小名似乎更能与她联结。大概护理员们听到我们这样称呼妈妈吧，渐渐的，"小 lulu"开始成了妈妈的爱称，特别是妈妈不高兴的时候，或者需要给她洗澡、带她上厕所的时候，"小 lulu"便是最好的软化剂和启动词。也许，被称为"小"，总能让人感到被心疼、被喜爱、被呵护吧。

养老院的管理层听到护理员叫妈妈"小 lulu"，曾经批评他们不尊重老人。不过我们却觉得这么叫没什么不好。患认知症的老人，理解不了复杂的信息，不管什么称呼，只要能让他们感觉到自己被关爱就好。有些老人，特别看重自己的职业身份，所以护理员仍然会称呼他们"教授"，甚至"领导"。而对我妈妈来说，她最需要的是被疼爱、被呵护。我曾问过妈妈，一生中的哪一段感觉最幸福？她说是到解放区的时候。那时，她刚 18 岁，首长们总是叫她"小鬼"，同志们则叫她"小陆"。一个"小"字让她感受到了在家庭中很少得到的疼爱。所以，在妈妈的潜意识中，"小 lulu"这个爱称，或许正可以和她生命中那段感觉幸福的经历对接呢。

除了称呼，这里的许多护理员都能很自然地和老人进行身体接触。抚摸老人的手，搂老人的肩膀，亲吻老人的额头，和老人击掌，这些"小动作"并不少见。他们都知道妈妈容易生气，也都知道，当妈妈生气时，只要碰碰她的额头，叫一声"小 lulu"，妈妈很快就笑了。

二楼每个老人都有自己的特点。妈妈和其他老人最大的不同是"特立独行"，那是真正的特"立"独"行"啊——别的老人坐在沙发上，妈妈却"特"喜欢站着，基本不和其他老人搭话。就是吃饭，她也决不肯上桌，护理员只好单独在沙发上喂她。吃完饭，有的老人回屋休息，有的老人在厅里打盹或盯着电视（呵呵，只是盯着而非"看"电视），而妈妈却喜欢一个人走来走去。对于"独行"的妈妈来说，好在这里的走廊特别长，也特别宽敞，足够她溜达来再溜达去；还好在，妈妈走的时候，碰到护理员会主动伸出手去拉住对方，增加自己的安全感。如果正碰上那个胖胖的小伙子值班，她更是拉住他不放呢。护理员也能接受妈妈的"特立独行"，并不非得把她按在沙发里。有时候，他们还会借着拿报纸什么的，拉着妈妈带她下楼溜达一圈，以满足她走动的需要。当护理员担心妈妈太累时，也会想办法让她到沙发上休息。

走路本是一件寻常事，是人们一般一岁左右就能学会的事情，可是对于认知症老人来说，里面的"道道"多着呢：为了老人的安全生拉硬拽？ NO，NO，那反而会让他们感到害怕，还会因为觉得被强迫而火冒三丈；甚至怎么起身、怎么回到沙发上坐下，都是有讲究的。一个中年护理员给我示范："你要从后面搂住陆阿姨，搂着她慢慢走到沙发边上，和她一起坐下。你不坐她也不坐。"

这些小小的细节，都是护理员们摸索出来的。没有高深的理论，看上去也没有多少技术含量，但对于这些老人来说，都特别管用！

妈妈所在的二楼，基本都是患认知症的老人，护理团队由中年人和年轻人组成。中年护理员似乎一个个脾气都特别好，也比较有经验，遇到事情有办法。而年轻的护理员，大多毕业于高等职业院校的相关专业，为这个团队增添了许多活力。特别难得的是，这个团队中还有小伙子，而不是清一色的娘子军。要知道，有些老人躯体庞大，要帮他们移动，可真需要有把子力气的小伙子。退化到一定程度的老人，也往往更听异性的话呢！

二层有个护理员是个胖胖的小伙子，那天我见他的胳膊上有个伤疤，问他是怎么搞的。他说，新来的 S 教授还不适应，到了傍晚就想回家（S 教授的先生已经不在了，子女都在国外，无法长期照顾她）。S 教授躺在地上哭闹，小伙子去抱她，结果她一口咬在了小伙子的胳膊上……

护理员也真不容易啊。好在他们之间常常相互支持，碰到事情的时候，总会听到有人说"我去"——也许是老人大便失禁了需要处理，也许是要把老人推回去上厕所……照顾这群老人，哪个活儿都不好干，但很少见他们推三阻四。

我的即将迎来 85 岁生日的老妈，这个特立独行的小 lulu，现在就在这些护理员的照料下，送走一个个白天和黑夜。

初稿于 2015 年 7 月 22 日

30

母后大人，用膳啦！

电梯门打开，闻到一股饭菜香。哈，赶得早不如赶得巧，没耽误给妈妈喂饭。

别误会，不是养老院不管我妈，是我和妹妹喜欢开饭的时候来。二楼的老人越来越多，需要喂饭的老人也越来越多，每到饭点儿，护理员们那叫一个忙！我们去了，好歹也腾出一个人手啊。再说，我们也需要亲自为妈妈做些什么——妈妈正一天天地从这个世界撤退，在她彻底回到自己的世界前，这是我们能拽住她、让她对这个世界有所眷恋的唯一办法吧。

通常都是王大姐把饭车推上来。在饭车来之前，老人们就像幼儿园的孩子一样，在饭桌边上坐好了，桌子上的餐具也都放好了，每个人胸前的口布也都系好了。大多数老人可以做到"三好"，可我妈妈不行，特立独行的她，顶多能做到"一好"：她从不肯在桌旁坐下，久而久之，护理员也就不给她摆放餐具了，能赏脸让护理员把口布系上，已经算不错了。

等饭的时间里，老人们能干点什么呢？大厅里的大电视永远开着，对老人们来说，那是一个神奇的、不明用途的魔盒。因为无法记住屏幕上快速变化的信息，无法让信息在脑子里形成意义，所以不论是搞笑的综艺，还是让人一把鼻涕一把泪的连续剧，他们都没有情绪反应，甚至都不能把他们的眼睛吸引过去，就连《新闻联播》，也别想再占领他们的思想阵地啦。

有时候会看到几个老人聊天，但如果凑过去听，就会发现全是鸡同鸭讲，说的听的根本不在一个频道上，只能说他们在"做聊天状"。而以 Q 教授为代表的大多数，连聊天的能力都没有了。对他们的大脑来说，组织词汇表达感受或想法，已经是无法完成的高端任务，实在力有不逮，于是他们只好盯着桌面发呆。

幸亏二楼还有几个文艺老青年，J 阿姨以前在文工团跳舞，会跳舞自然也能唱几句，护理员就经常请她带头唱歌。我妈刚来时，还常能听到 J 阿姨唱《解放区的天》《东方红》什么的，她一唱，别的老人跟着哼哼，大厅里也算有点文艺气息了。后来不知道为什么 J 阿姨就不怎么唱了，不知是她没了兴致，记不得歌词了，还是老人越来越多，护理员越来越忙，也没心思鼓动她了。

久无歌声的饭场，总让我心里不好受。所以当某天忽然听到似乎有人在哼俄罗斯歌曲时，我真是有点不相信自己的耳朵。我拉着不肯坐下的妈妈，走到那张桌子边，原来是一位护理员大姐在带新来的 T 叔叔和 W 阿姨（他们是夫妻）唱歌。40 多岁的护理员，怎么会唱俄罗斯歌曲呢，好奇怪！我问护理员，她说，她知道老人们爱唱老歌，就自己学了一些。我为她竖起大拇指。

咦，这《红莓花儿开》我怎么听不懂呢？哇，原来 W 阿姨在用俄文唱啊！叔叔的俄文似乎不是那么好，多数时候唱的是中文，可是阿姨往往唱了没几句就改俄文了！

我，当然不会俄文，可是插队时还是拿着同学偷偷带去的《外国民歌200首》在傍晚的田野里忧伤地歌唱过。什么《喀秋莎》《小路》《红河谷》《莫斯科郊外的晚上》，在那个年代被称为"黄歌"，却是我们苍凉青春中最珍贵的记忆。所以，我忍不住就跟着叔叔、阿姨唱起来，唱完一首又起头带他们唱另一首。有了我的加入，叔叔和阿姨似乎感受到了鼓励，脸上有了大大的笑容。我伸手抚摸 W 阿姨的笑脸，没想到她拉着我的手就在嘴边深情一吻，搞得我的小心脏也扑通乱跳起来。

我不知道叔叔和阿姨以前是做什么的，我猜这歌声一定把他们带回了青年时代。我问叔叔："您当初就是被阿姨的歌声征服了，向她求婚的吧？"叔叔也不知道是否听懂了，反正马上回答："是。"阿姨听了，居然像个小女孩一样娇羞地说："你说什么呢？！"而我，却被老人家这一刻突然的清醒震住了。

回家，我到网上下载了好几首俄罗斯歌曲。如果我开饭前到了，老人们还在等饭，我就用手机放歌。我一放，叔叔和阿姨就跟着开唱。后来我发现，他们还喜欢《雁南飞》和《渔光曲》什么的，我就和他们一起唱。其实，我是左嗓子，唱歌走调。反正和老人家一起唱，也不用担心别人说我滥竽充数哈。

老人家的饭菜，据我观察，至少分三等：第一等，盘子里的肉是肉，鱼是鱼，菜是菜；第二等，盘子里肉是沫，鱼是沫，菜是沫；第三等，肉也好，鱼也好，菜也好，都和米饭或米粥打在一起变成了糊糊。我妈妈，牙齿不好，是"二等饭民"，97岁的Z奶奶，100岁的L奶奶，都是"三等饭民"。

护理员会给"一等饭民"先端饭，等他们吃起来，再给"二等饭民"把各种沫拌到饭中。他们也不知道怎么就感觉出，我妈妈喜欢吃有汤拌过的米饭，所以她的饭，总是稠稠的一碗，菜啊、鱼啊、肉啊，都以沫的状态存在其中。

不要以为"一等饭民"可以不用管，他们同样不省心！有的老人，不吃自己盘子里的，专吃别人盘子里的，护理员要提醒、要劝架；有的老人胃口不好，说什么也不肯吃，他们的吃饭单位不是"一碗"，不是"一勺"，而是"一粒"！护理员好言好语不管用了，就要拿起筷子、勺子，把"一粒粒"送到他们口中。老人胃口特好也有问题，因为有糖尿病犯病的风险，护理员还得想办法控制他们的食量。

唱歌的W阿姨，似乎特别心疼她的老伴，总把自己的鱼啊、肉啊，夹到T叔叔碗里。护理员看到就急了："T叔叔有糖尿病，不能多吃啊！"可不论护理员告诉W阿姨多少次，她还是会把好吃的给T叔叔。亲眼见证两个80多岁且患有认知症的老人如此相爱，我真是说不出的感动。

可是有一天T叔叔住院了。吃饭的时候，看到T叔叔的座位空了，我心里也为W阿姨难过起来。没想到，W阿姨竟把旁边的老人当成了T叔叔，又把自己的菜往那个老人的碗里夹！也许，W阿姨一辈子都是这样的吧，给所爱的人夹菜，就是她特有的"爱的语言"？

百岁的 L 奶奶是二楼的"原住民",打这里一开张,她就住进来了,现在已经快三年了。这三年,L 奶奶逐渐从"一等饭民"降级到"二等饭民",最近又降到了"三等饭民",只能吃糊糊了。L 奶奶显然过过苦日子,面对香喷喷的饭菜,有时她会问:"要钱吗?"护理员想让她多吃点的时候,就会主动对她说:"奶奶,这个不要钱,您多吃点!"L 奶奶的胃口时好时坏,护理员的招数也不断推陈出新,一会儿骗她"这是某某某(奶奶外孙的名字)给您包的饺子",一会儿又许愿"您吃完了咱们就回家啦",总之是想尽办法让她多吃一点儿。

L 奶奶的大女儿已经 70 多了,因为照顾妈妈太辛苦,得了心脏病,不得已才把妈妈送到养老院。我常在傍晚看到这位 70 多岁的女儿,坐在轮椅边上,一勺一勺喂 100 岁的妈妈吃饭。每次看到这幅画面,我都会感叹:"小老人"照顾"老老人",大概是高龄社会的典型情景吧。作为第一代高龄老人,L 奶奶得到了很好的照顾,但这是她的后辈用退休后重新"上岗"换来的。这个孝子孝女岗位,有可能要干十年二十年,甚至更长时间。

比 L 奶奶小三岁的 Z 奶奶,似乎是最不好好吃饭的一位。护理员给她喂饭的时候,她胳膊一挥就把勺子打落在地。所以,每次吃饭,至少要有两个护理员负责 Z 奶奶,一个人轻轻地压着她的手臂,另一个人负责喂,常常费很大劲,Z 奶奶也吃不了几口。每次看到这艰苦的喂饭战斗,我心里都会想:"是 Z 奶奶的大脑管不了自己的胳膊了,还是她真的不想吃,真的失去食欲了?要是她的家人在这里,会怎么做呢?"

耄耋之年的老人，给我们出了多少生命哲学、生命伦理学的难题啊。当他们的生命系统慢慢停止运行之时，是该遵从他们的意愿，尊重生命的规律，还是要反其道而行之，想方设法抵抗机体的衰退，尽量让他们活得更久、更久？

我没有答案，我只知道自己喂妈妈的时候，总是想让她多吃一口再多吃一口。即使她已经不愿意再张口，我也不会轻易放弃，总是拿着勺子在她嘴边"伺机而动"。有时她吃着吃着就困了，为了让她打起精神，我会用自己的额头碰碰她的额头，用手摸摸她的脸，或者唠唠叨叨地和她说话："我是你的女儿，我来给你喂饭，你要多吃几口啊！""你看，Z奶奶不好好吃饭，你不要学她。""小lulu今天真乖，又吃了一大口！"

妈妈不愿坐到餐桌吃饭，沙发是她的"餐位"。每到开饭的时候，首先要设法把四处云游的她带到她的"餐位"前。通常妈妈不肯立即坐下，我们就按照护理员教的办法，自己先坐下，再拉着妈妈往下坐，坐好用一个垫子塞在她的背后。待护理员把她的饭菜拌好，再浇上一勺汤，我们就开始给她喂饭啦。

我有一种感觉，妈妈好像已经快要忘记怎么吃饭了（据说认知症病人到最后就连咀嚼都不会了），所以前面几口总是喂得比较难。一旦把饭菜送到她嘴里，她开始慢慢地咀嚼，肌肉的记忆经过"重启"，之后再喂就比较容易了。现在，妈妈还能吃小半碗菜拌饭，喝小半碗米粥。当我能把食物一勺勺送到妈妈嘴里时，心里居然还常有"比上不足比下有余"的欣慰哩。

午餐时，电视台经常播放古装片。一勺饭菜送到妈妈嘴里，听到电视里传来一声："母后大人，用膳啦！"

我忍不住笑了，也对着已经不认识自己的妈妈说："母后大人，用膳啦！"

初稿于 2015 年 11 月 13 日至 14 日

31

路漫漫其修远兮

很久没有写妈妈了，因为，一想起来就心酸，一提笔就落泪（我最近好爱落泪）。

就算人活百年，但过了五十，也开始要走下坡路了吧。

有些人的下坡路又缓又长，直到最后消失在断崖，如那些健康地活到百岁，在睡眠中溘然而逝的老人。

有些人的下坡路又急又陡，如我那 60 出头就得癌症去世的老爸。

妈妈的下坡路也算长，也算缓，但如果画出来，该是怎样的呢？前面一段，似乎是缓慢下滑的实线，渐渐地，这实线当中开始出现间断。最初，实线的线段长，线段之间的空白小，那空白就是妈妈忘了钱包放哪儿、忘了锁门、忘了燃气灶上烧着的开水的时刻；后来，实线的线段越来越短，空白越来越大，不知不觉就变成了一条虚线向下滑落。在那些空白中，有住了 50 年却不再认识的大院，有自己生下却不再认识的子女……现在，实线线段已经变成了一个个小点儿，空白已然称王称霸。而小点儿，是她偶尔与人间交汇的时刻，比如突然露出的一个笑容，突然说出的一个词（虽然几乎听不清楚）。

春节前后，这条越来越虚的下坡路又下了一个陡坡——似乎一夜之间，妈妈的头就抬不起来了，大脑的定向功能也失去了，觉也睡不好了，腿也明显地失去了力量。

现在的妈妈，由一副颤颤巍巍的双腿、一个深度佝偻的躯干、一对瘦瘦的胳膊和一个失去方向感的大脑组合而成。这个身体仍然有着自己的需要，比如会顽强地从沙发上站起来，趔趔趄趄地开始游荡：从桌子、轮椅间穿过，缓慢地移向一个个角落，仿佛角落里藏着什么宝贝——妈妈完全不知道这对她来说，该是多么的危险！

用这副身体游荡，究竟是怎样的感觉？

我进不去她内心的黑洞，我只能用自己的身体去感受她的身体——在陪妈妈游荡时，我故意将自己的头低到与她相似的角度，好知道她的眼里到底能看到多少东西；我也曾故意放开她，看走到墙边她到底会发生什么。

我的实验告诉我，她最多可以看到自己脚前的一小块地方，她看不见走廊里那些刻意布置的照片和图画，也看不见窗户外面的阳光和楼房。如果没有人拽的话，走到墙角，她的头就会咚的一声撞上去。好在，她的腿已经失去力量，极慢的行走速度让她在"鸡蛋撞地球"（如果没有尖利棱角的话）的那一刻还不至于头破血流。但，迟早有一天她会跌倒，因为无论夜晚还是白天，她都会像幽灵一样起身，轻得无声无息，然后开始游荡。为了防止妈妈半夜起来游荡时跌倒，值夜班的护理员不得不搬个椅子彻夜守在她房间的门口。

托尔斯泰说，幸福的家庭都是相似的，不幸的家庭各有各的不幸。套用到认知症老人身上，他们也各自有不同的症状和表现吧，比如有人沉默不语，有人情绪暴躁，而我妈就是四处游荡。我猜测，这游荡不仅是过去散步习惯的残存，对她来说或许还有别的意义。在失去阅读、看电视、与人交流、照顾自己吃喝拉撒的能力之后，游荡是否成了她感知自己存在、填充自己生命的一种方式？至少，站起来，往前走，还是一种对自己生命的掌控、一种感觉到自己"活着"的体验吧？

以前去养老院看妈妈，尽管她已经认不出我，但我还是很少感到难过。但是现在去看妈妈，我常常会感到难过，感到不忍。看着那个熟悉的妈妈已经变得越来越陌生，看到她的身影和面庞都已经走形，这生命的衰败真是让人难以接受。

最难以接受的是妈妈不再抬头。妈妈早已驼背，个子也矮了许多。不知道是因为她已经元气不足还是因为其他原因（后来有网友告诉我，可能与她长期服用认知症相关药物有关），春节前后她就抬不起头来了。上网查，知道到了"极重度认知功能下降"阶段，也是认知症的最后一个阶段，就会出现"走路要人扶，甚至坐不稳、不能抬头或微笑、肌肉僵硬、出现不正常的条件反射"等症状。

妹妹给妈妈按摩颈椎，似乎按摩过后会有一点点好转。但第二天再去，妈妈的头低得更深了。由于到了认知症的晚期，任何的医疗行为都会让她无比恐惧和烦躁，我们也只能慢慢接受，不再奢望通过治疗与矫正让她"好"起来。

总有关心妈妈的人打电话来，问我们知道不知道某医院说手术可以治疗认知症，甚至晚期病人也有效；问我们有没有给她服某种药，采取某种措施。也许，只有认知症患者家属才真正知道，什么叫作"只可延缓不可逆转"，采取某些措施有时只能加大她的痛苦。当家人怀着无望的心情，看着亲人一点点地走入黑洞——那样一份悲凉和无奈，是那些只知道"失智""阿尔茨海默病""认知症"这些概念的人，难以想象和体会的。

还有一种很普遍的误解，就是以为失去记忆了就感受不到痛苦了。人们以为，既然什么都不记得了，那些令人伤心、苦恼、委屈、后悔和愤怒的情绪也就没有了，失智反而会让人拥有一个快乐的内心世界。我不知道是否有极少数认知症患者真的是这样，但是通过对妈妈和许多老人的观察，我觉得他们并非人们想象的那样，似乎生活在一个没有烦恼的"欢乐谷"中。因为，他们的肉体还在啊，各种感官刺激都还可能让他们产生条件反射式的情感反应，而且因为已经失去了对外界信息刺激的理性分析能力，这些情感反应也许因为原始而更加强大（脑科学家认为，人类的脑是逐渐进化成现在这个样子的，其中最原始的是脑干，这一部分被称为"爬虫脑"；然后进化出来的是大脑的边缘系统，这一部分被称为"哺乳类脑"，它控制着人类的情感记忆和情感反应；最后进化出来的才是我们人类进行理性思维的新皮层）。试想，当一个人回到自己住了几十年的家，却觉得那根本不是自己的家，他不会感到惶恐害怕吗？当一个人去医院检查、治疗，却无法理解为什么那些穿白衣服的人要用针扎他，他不会极度恐惧吗？当一个人每天早上起来发现周围都是"陌生人"，哪怕那些人是他"身上掉下来的肉"，他不会感到深深的孤独吗？当一个人被脱光了洗澡，却不明白为什么别人要用水冲他，他不感到羞耻、无助和愤怒吗？这些原始的情感反应，恐怕只要肉体存在，就无法免除。更何况，我们有谁能知道，在他们已经如乱麻一团的大脑中，会不会在某一时刻又因为某些神经元搭在一起，让他们电光石火般地产生片刻的澄明，在这片刻的澄明中，他们发现了自己的处境，从而感到极度的孤独和深刻的绝望呢？

我相信，有些患认知症的老人会在一些时候感觉到快乐，那或许是外界的良性刺激让他们与过去的美好记忆产生了联结，就像 W 阿姨一听我唱歌就笑的时刻，就像 Q 教授把自己的清华大学入学证给我看的时刻，就像 S 教授、W 阿姨和我一起用英文、俄文和中文合唱《新年好》的那个时刻。

也或许，他们当中一些人真的拥有积极心态。美国著名的心理治疗家欧文·亚隆在《直视骄阳：征服死亡恐惧》中讲述了一个让我深感震撼的故事：他在霍普金斯大学的教授杰瑞·弗兰克也罹患认知症。在亚隆最后一次去看望 95 岁的杰瑞时，教授已经认不出亚隆了。亚隆坚持和他说话，回忆以往的岁月，突然杰瑞就认出了亚隆，并难过地为此道歉。亚隆问杰瑞是否感觉很糟糕，杰瑞却对亚隆说，其实没那么糟糕，"我享受我看到的一切，就像是第一次看到这一切，只是看就让我如此享受……"

我想，这位老人的内心真的太强大了，我相信他曾经拥有充实的、有意义的一生，他对自己的人生价值有充分的肯定，因此即使得了认知症，也能活在当下，享受美好。

但在绝大多数时候，绝大多数有认知症的人，大概都不在一种"享受"的状态中。至少，我知道我的妈妈不在——当妈妈低下头不再看这个世界的时候，她似乎更深地缩进那无底的黑洞，那让她恐惧又让她无法逃避的命运。她总是紧紧地抓住自己的衣角——就像一个婴儿抓牢自己的慰藉物一样，那是她让自己获得一点点安全感的办法。

不再抬头的妈妈，除了会更加孤独外，维持身体的运转也成了一个问题。进养老院之前，她就不太会自己吃饭了，现在喂饭的难度又升级了：如果和她坐在相同的高度，很难用勺子把食物送进她的口中。为此，养老院专门买了小板凳，这样喂饭的人就可以坐得低一些，以45度角把勺子上的饭喂进去。喂饭的过程中，还得把不断低头的妈妈，一次次抬起来往沙发背上靠。为了找到合适的角度，护理员甚至挤到妈妈坐的沙发上，或者把妈妈的腿放在自己的腿上，这样让她能多喝几口粥、多吃几勺饭菜。

睡眠、吃饭、保持身体的清洁、走路，这些维持肉体生命最基本的需求，现在对妈妈来说，每一件都困难重重。如果不是养老院那些有经验的护理员们，很难想象她怎样继续生存，而我的生活又是怎样一种状态。陪伴这样一个老人走生命的下坡路，需要付出如此之多的努力，有时候让我对自己的未来不寒而栗。妈妈有可以做支撑的经济条件，有我们姐弟妹三人的同心同力，养老院的员工也算尽职尽责，能在下坡路上得到这样的照顾，妈妈这一生也算是中了百万分之一的大奖吧？

"路漫漫其修远兮，吾将上下而求索。"现在，我们要求索的是，在妈妈这条漫长又艰辛的下坡路上，我们还能做什么。

每当妈妈游荡的时候，我就觉得她像一条落下风帆、没有船桨、失去舵手的小舟，悄无声息、没有目标地漂流在生命之河的尾闾。把她抓紧衣角的手放到我们的手中，把她像孩子一样搂在怀里，亲亲她的脸颊和额头，和她唠叨唠叨一些话，也许就像洒一片和煦的阳光在小舟之上，吹一阵清风拂过她的面庞，将一道缆绳放入她的手中吧。

初稿于 2016 年 3 月 17 日至 20 日

32

当妈妈不再抬头看这个世界

妈妈"入园"一年多了，我送给她一样特别的周年礼物——"口水巾"。我去婴幼儿用品店找这个东西，卖家问我："是多大的孩子啊？是您的孙子吧？"

我怔住了，片刻才实话实说："是……是给老人家买的。"

曾经设想过，妈妈终有一天不能走路了，却从未想过在不会走路之前，她先不能抬头了。这事儿发生的似乎很突然，仿佛一夜之间，妈妈就决定再也不抬头正眼看这个世界了。现在，无论走路、吃饭，还是坐在沙发上打发时间，她都低着头，脖子基本上弯成90°。原本对着前方的嘴巴，如今变成了对着地面，于是地心引力就把涎水给引出来了。

这，这到底是怎么回事？

妈妈早已不会述说自己的身体状况和内心感觉了，带她看病更是一大挑战。好在养老院一墙之隔的社区卫生中心开业了。我当医生的弟媳妇和我妹妹两人护驾，带妈妈去卫生中心做了一些检查，结果是主要的脏器都没有大毛病，至于脖子嘛，医生也没说出来个所以然。

其实，我早在网络上看到过这样的描述：认知症的最后一个阶段，即阶段七，就有患者会出现不能抬头的症状。

现在我们该做什么，又能做什么呢？对于一种不能逆转只会恶化的疾病，对于一个全然无法理解外部世界的病人，治疗、矫正，有什么意义，又如何进行？

妹妹总是不相信这是不可逆的，常常在为妈妈做完按摩后用微信告诉我："妈今天脖子软多了，好像能抬点儿了。"她还给妈妈买了用于矫正的脖套，希望把她的脖子撑起来。但是妈妈无法适应脖子上这个奇怪的家伙，似乎感觉到很不舒服，总是不断地想把它取下来。看着她这么难受，我们坚持了几天后，最终放弃。

流涎水，也没有什么要紧，戴上口水巾，及时擦掉就行，反正也不出去参加 Party，而且在二层这样的老人不少，大家彼此彼此，谁也不会笑话谁。哈，其实他们连笑话别人的能力都没有。

成问题的是，给妈妈喂饭更困难了。

过去妈妈是"二等饭民"，吃的是剁碎的菜和肉。现在，妈妈已经降级为"三等饭民"，只能吃糊糊。但妈妈的嘴现在深藏在脖颈和胸膛的夹角里，要把糊糊送进去变成了一个技术活儿。为此，护理员专门从淘宝买了一个小板凳。喂饭的时候，护理员坐在小板凳上，把妈妈的双腿放到自己的腿上，这样妈妈就能略微后仰在沙发上，护理员也就比较容易把糊糊喂到她的嘴里了。

但这个角度仍然很困难，护理员又将一个长把的小勺弄弯，专门用来喂妈妈。有了这个专用工具，妈妈的一顿饭还算能吃进不少。而且，因为变成了吃糊糊，里面营养俱全也有不少纤维素，老妈大便的质量居然提高了。呵呵，就算这不是所谓的"坏事变好事"，也算是坏事中的好事吧！

经常赶在"饭点"去看妈妈的我和妹妹，也会坐在小板凳上，把妈妈的腿放到我们的腿上喂妈妈。不过我曾经因车祸导致腰椎压缩性骨折，保持这个姿势时间长了，我老腰也酸痛无比，往往一顿饭就是一身汗。

和流涎水、吃饭困难比起来，更大的问题是，长期低头让妈妈颈部的肌肉极为紧张，还造成了右眼睑的水肿。

与妈妈不再抬头同时发生的，是她的定向功能丧失。妈妈走路时已经无法避开障碍。如果不拉住她，她会一直走到墙角，走到坐着的其他老人的椅子前，走到绿植叶子当中……虽然她已经失去判断能力，但似乎却没有失去自主能力——她会执拗地往前走，扶着她走路的人只能在她察觉不到的情况下，慢慢地调转方向，避开障碍——要不，她就会直接撞上去。

当然，她的腿也不再像过去那样，可以支撑着她走很远，那瘦如麻秆的腿早已失去力量。如果没有人扶着，她分分钟都可能跌倒。

想象一下吧，一个脖子弯成90°、腿脚发软、没有定向能力的老人，突然挣扎着从沙发上起身，跌倒的几率有多大？为了防止她跌倒，护理员在无法拉住她走路时，不得不用一条宽宽的带子把她束缚在沙发上。

以前去看妈妈，虽然她不再认得我，我也不会感到太难过。但当妈妈不再抬头望向这个世界时，每次走进大厅看到她低着头坐在沙发上，两手紧紧地捏着自己的衣服，我都感到分外酸楚。我能感觉到她的那份孤单，还有无时不在的对外部世界的恐惧。

从桌子下面抽出小凳子，坐在她的脚边，第一件事就是给她按摩。从手部，到大腿、胳膊和后脖颈，一点点地为她放松，也一点点地让她感知，坐在她身边的这个人，是爱她的，是希望她感觉到自己还是被爱的——虽然她不再看我们的面孔，更不能叫出我们的名字，甚至不知道这个正在给她按摩的人是她的女儿……

喂完饭后，让妈妈起身在走廊中散散步，活动活动身体，也是我们的重要工作。

和过去相比，妈妈走路的意愿已经衰退了，把她从沙发上拉起来，也成了相当需要技巧的事情——首先是不能在她没有准备好的时候硬拽；其次是当她要起身时力度要正好，既让她感觉到还是自己在控制着身体，又要保证不把她摔了；起来后，还要稍稍站立一会儿，让她稳住身体，然后再"上路"……

养老院的走廊非常宽敞，走廊两侧都有扶手，不过妈妈已经不会用了。我们或拉着她的手，或揽着她的腰，和她一起探索这个世界——曾经在非洲、欧洲工作过的妈妈，眼下的世界就是这家养老院、这间卧室、这条走廊和这座大厅了！

奥斯维辛集中营的幸存者、奥地利哲学家让·埃默里曾经探索过病痛和衰老中的"自我"，他说，当自认为是"自我"的那个自我崩塌时，"身体，或者说是显现出来的身体感觉，攫取了塑造自我的最高权能"。*

　　我想，老妈现在就只能用身体来感觉自己的存在吧？由于不能抬头，她的视野已经变得极为狭窄，只能看见脚前一小片地板和灯光打在地板上的一小块反光。我们也不知道她的视力还留下多少，但能够确知的是，她还没有完全丧失听力，没有丧失发出声音的能力，还没有丧失用身体语言表达某些感受的能力。

　　没多久我们就发现，由于长期低头，妈妈右眼睑出现了水肿，且渐渐地厉害起来，看上去随时都可能破溃。

　　怎么办？怎么办？我们不能让她的脖子重新立起来，只能想办法让她能够通过放平身体，让脖子得到休息，让脸部不要向下。

　　过去妈妈中午并不睡觉，现在中午必须要把她"放倒"，无论如何也要让她躺下来。

　　上床，这件对正常人来说很轻松，甚至是很惬意的事情，对于"不明事理"的妈妈来说，可就又需要费一番功夫了。

　　那天，我好不容易把妈妈带进房间，和她一起坐在床沿上，刚想让她躺下，她就跳了起来。我只好拉着她的手，围着床转一圈，然后再次拉她坐下，看看能否找机会将她"放倒"。这个围床转圈的游戏玩了五六回，她总算是躺下了。我把她的腿放好，用各种垫子塞在她的脑袋边上，确保她水肿的眼睑不再向下，弯曲的脖子也有了依靠，把床栏杆拉起，盖上被子，看到她终于闭上了眼睛，哇，大功告成了！

---

* 《独自迈向生命的尽头》，[奥] 让·埃默里，鹭江出版社。

我拿着我的 Kindle，坐在她床边的电动沙发上，把腿支起来，也趁机小憩片刻。有时，我能感觉妈妈醒了，但为了让她能多躺会儿，我并不急于让她起床，总是想着这个姿势能让她放松一点儿。

这种"放倒"疗法显然有效，妈妈右眼睑的水肿消了很多。我们不在的时候，护理员也会如法炮制。几天之后，妈妈看上去又"美丽"多了。

妈妈不再抬头看这个世界，这个世界仍在如常运转，有美丽的鲜花开放，有可爱的婴儿啼哭（我的弟弟已经有了孙子，可惜妈妈不能享受四世同堂的天伦之乐），也有战争的炮火和恐怖袭击。我不知道这个世界会好吗，我只知道，在妈妈彻底断开与这个世界的联结之前，我们就是那条她与世界之间的连线！

2016 年 6 月 7 日，完成于肩周炎发作中

33

毕竟这太残酷了，不是吗？

昨天去养老院看妈妈。电梯门一开，我的眼睛向大厅的角落扫去，果然在最靠边的沙发上看到妈妈，她一如既往地深深低着头坐在那里。

咦，中间的长沙发上坐着两个穿露膝短裤的姑娘，一个手里捧着书，一个专心划拉着手机。她们年轻而安静地存在于这个认知症老人的空间里，着实有一种违和感。

我搬了小板凳在妈妈身边坐下，把一只手慢慢塞进她的手中，让这只带着温度和质感的手替换她紧紧抓住的衣角，然后用另一只手轻轻地按摩她的脖子和双腿——这是一套仪式，一套与妈妈联结的仪式——认知症发展到这个地步，我已经是她生活中的陌生人。自己的世界被陌生人突然闯入，需要一个由生到熟重建关系的过程，因此每次来看妈妈，我都要用这种不动声色的方式与她联结，重新激活她对我的信任。

两个姑娘仍然静静地坐着，好像与这个大厅里的人全然不相干。我不免好奇了：家属吗？不像，因为她们没搭理任何老人；

志愿者？也不像，哪有志愿者坐一边儿不动的？那，她们是谁，又因何而来呢？

看到她们胸前也挂着牌子，我想我猜到了，她们应该是实习生。我决定验证一下："你们是实习生吧？是哪个大学的？"

"嗯，我们是×××大学的，到这里来实习两周。""手机姑娘"说。

"哦，是学社工的吗？"我知道养老院正在招聘社工，可她们看上去不像学社工的，学社工的不会这么拒人千里之外。

果然，她们不是学社工的，而是学老年照护的。

哦，那还真是挺对口的啊。不过，怎么看上去她们对老人家毫无兴趣啊？

我忍不住问："是你们自己选的这个专业吗？"

"是啊。"

这就更有意思了。既然自己选了这个专业，为啥对老人敬而远之呢？

"当时是怎么选的呢？是家里人的意见吗？"我刨根问底。

"不是。就是觉得这个专业课比较少，学起来比较轻松，压力没那么大吧，你知道的。""手机姑娘"仿佛向一个路人说出了秘密，露出些许不好意思的表情。

我不禁有些担心了："哦，可是这份工作不轻松啊！"

"毕业了我不会干这个的，毕竟……"她顿了一下，"太残酷了吧！"

我把目光收回来，继续给妈妈按摩，可心里却有些翻腾。

姑娘说的是真心话：正值青春年少，每天对着这些日薄西山、气息奄奄的老人，反差太大了，心理张力太大了，而且这些老人还会一个接一个死去，这对她们来说，真的是很残酷。

我一边保持着手里的动作，一边用眼睛扫描着大厅。护理员王姐正带几个老人唱《团结就是力量》，主管小李在忙着排班，其他几个护理员有的推着老人去厕所，有的开始给老人们准备围在脖子上的口水巾……当初选择这家养老院，除了相对来说还算近便于看望外，私下里还有一个原因，就是这个机构有很多年轻人，甚至在一线护理员队伍里，也有不少大姑娘和小伙子。我觉得，比起楼道里的花草和游鱼来，这些欢蹦乱跳的年轻人才是生机所在啊。特别是那些子女不在身边、看不到孙子孙女的老人，这些年轻员工的存在想必也能带来心理抚慰吧。

但，这些年轻员工难道不像那"手机姑娘"一样，觉得这份工作"很残酷"吗？

没有很深入地和他们聊过，有点不敢聊，怕他们也说出类似的话来，或者告诉我"就是挣钱吃饭呗"。

不过，我在养老院混了一年多，观察还是有的。想了一想，觉得或许应该把"毕竟，很残酷"改为"毕竟，不是什么人都能面对这份残酷"——因为还是能看到不少在养老院工作的年轻人挺投入的。

我可不愿意用"有爱心""有责任心"这样高大上的字眼，我宁愿说，他们的心性可能适合在这里工作。

说心性有点悬，其实可能就是在他们的成长过程中，得到过老年人的关心爱护，因此对老年人有一份本能的亲近，照顾养老院的老年人，就好像是照顾自己的爷爷奶奶。我看到一些小护理员和老人互动，他们会拥抱甚至亲吻老人，看上去那样自然而然，我想这不是训练出来的。

但如果没有过这样的经历，或者生命中的老年人给自己留下的是不好的感觉，甚至是创伤，恐怕就会对老年人避之唯恐不及了，就算是在养老院工作，也会对老人比较疏离漠然吧。

当然，即便是愿意亲近老年人，长期做这份工作也不容易。别看老人们日渐衰退，可能连刷牙洗脸都困难了，连撒尿拉屎都控制不住了，可还是不愿意丧失自主性啊！所以，照顾老人，不仅受累，还会受气，甚至挨打。不说别人吧，就是我的老妈，也会因为不想听护理员的而出手呢。好在老太太已经没有多大劲儿，伤不到人了。

这么多的委屈，这么多的辛苦，还有老人离去时的伤心，都让这份工作显得"残酷值"有点高。

他们是怎么与这份"残酷"相处的呢？

我比较相信奥斯维辛幸存者、心理治疗家维克多·弗兰克尔的话："人主要关心的并不在于获得快乐和避免痛苦，而是要了解生命中的意义。"因此我猜，那些选择了养老院这份"残酷工作"的人，除了挣钱养家外，多少能在工作中感受到自己生命的价值和意义吧？陪伴生命无多的人，增加他们的快乐，减少他们的痛苦，让他们活得有尊严，这是不是一份意义呢？

那，这份意义对于照护者本人有好处吗？

曾经听两位从事世俗眼中高"残酷值"工作的人分享他们的快乐：一位是台湾花莲慈济医院心莲病房（对临终者实施安宁疗护的病房）的护理师，她原本从事儿科护理，但渐渐地感到自己变成了"护理匠"，便主动要求调到心莲病房，因为在这里她不是和"病症"打交道而是和"病人"打交道，对病人的全面关顾需要她不断学习，也让她从病人那里感觉到自己的价值。还有一位是北京的肿瘤科医生，无奈地送走一个个患者，让她变得麻木冷漠，被职业倦怠所困扰。但学习和从事安宁疗护后，她可以花上半个小时和病人谈话，这反而让她重新"活"过来，开始在喜怒哀乐中感到自己是个活生生的人而不是一台机器，她竟然快乐了很多。

我相信妈妈养老院中的那些年轻人也有类似的感觉吧，虽然他们不一定说得出来。面对一份高"残酷值"的工作，只有能在其中发现意义、体认自己生命价值的人，才会愿意投入；也只有投入其中，才会发现自身生命的意义和价值。

对我来说，我也可以觉得命运挺残酷的：一个没有体验过多少母爱的人，却要为妈妈当妈妈。如果沉浸在这份委屈中，我想我早就抑郁了吧？好在，我也在这样日复一日的陪伴中努力寻找意义。比如：我希望在这个过程中为妈妈疗伤，让她不再停留在童年的心理创伤中，最终能感到自己是被爱的；我也顺便给其他老人带去温暖，让他们哪怕多一点点快乐；我愿意多给护理员一些尊重和温暖；我还将这个过程记录下来，好帮助更多的认知症患者家属，帮助人们更好地思考与面对老年……

如果视"老病死"为残酷的话，谁的生活能逃离这份残酷呢？当我们能在残酷中学习、思考，淬炼出生命的价值与意义时，这份残酷中就渗透进了充实与快乐吧！

初稿于 2016 年 6 月 30 日

34

我的妈妈，还在

有网友见我许久没有写妈妈，悄悄地发私信给我：你妈妈还在吗？

妈妈，还在。

但，那是怎样的一种"在"啊？

昨晚的课上，带学生们讨论电影《活着》中所表现的"活着"与"死去"，和学生们分享了一个概念：社会性死亡。这个社会学术语是指人处在衰老或临终阶段时，他的社会活动、社会影响等社会存在性逐渐减少，有时几乎已经不复存在，犹如死亡一般。

妈妈的社会存在性还有多少呢？对于我们来说，她还有"母亲"这个角色，不过她早已是我们的"孩子"了。除此之外，她的社会存在性，大概就体现在每年春节老干部局的探望名单上了吧。

从生物属性上，妈妈无疑还活着，甚至她的状态，还被某位认知症老人的家属所羡慕——"她还能吃进东西啊"。是的，有护理人员和我们子女的帮助，她可以进食（虽然早已是"三等饭民",喂的主要是糊糊了),可以到厕所如厕(为了让她感觉舒服些,护理员在摸到了规律后,没有给她用纸尿裤,当然免不了有时也会错过时机),可以起床穿上衣服,甚至还可以让我们拉着扶着拽着,踉踉跄跄地在走廊里转个圈,权当是锻炼身体……

进"幼儿园"两年了,妈妈从大班降到中班,再降到小班,但还没有像 L 教授那样最终降到婴儿室里,靠鼻饲度过生命中的最后一年。

上小班的妈妈,像一岁左右的孩子,偶尔会发出一些声音来。我总在猜想,她那颗曾经挺聪明的脑袋,现在里面是个啥样子?书上说,阿尔茨海默病有两个罪魁祸首,一个是位于神经细胞之间的棕色 β – 淀粉样斑块,一个是细胞内部像乱线团一样的神经纤维缠结。当这两个坏蛋霸占了越来越多的地盘时,即便是得过诺贝尔奖的大脑,也会最终败下阵来。

那妈妈现在发出的这些声音,是想表达什么,还是一种本能的反应?我觉得它们的出现并非完全没有规律,在她感到不舒服或者似乎比较舒服时,这些细小的声音就会从她的嘴里溜出来——那,这些声音就还是有意义的,是她内心世界的一种特殊表达?病情发展到了这个阶段,棕色斑块和乱线团肯定已经让她的大脑无法组成句子了,但也许在棕色斑块的下面,还留着些许词汇?她还在乱线团中费力地寻找着这些词汇?或者,她现在只是像婴儿一样,无意识地发出简单的音节?

没有人能告诉我们怎样去理解和破译这些声音,这些宝贵的、从妈妈身体里发出来的 AD 语信号。她像迷失在茫茫大海上的孤舟，用残存的力量发出自己的信号，或者像孤岛上的海难幸存者，在沙滩上写下"SOS"，可是，不是没有救援者出现，只是没有人能完全理解她的信号，人们企图回应她、帮助她，但是她也理解不了救援者的信号了——她，也许就是这样活在像天地之初的一片混沌中？

现在，生命与生命之间的语言连接已经断掉，但身体之间还能"通信"。给她按摩，搂着她，拉住她的手，就是我们给妈妈发送的密电码。

不过，手一旦被妈妈拉住，要想挣脱出来就费劲喽，要知道这双温暖的手就是她与这个世界唯一的联结，是她的救命稻草。有时，我想抽出手来摸摸她的脸，按摩一下她的脖子，或者带她上厕所时需要腾出手来帮她脱裤子，可她怎么都不肯松开，我手上的戒指都因为她攥得太紧而硌得我生疼。

亲自给妈妈喂饭，也是我们能给妈妈最后发送的密电码。虽然，我们完全不知道妈妈是否用母乳喂养过我们，喂养过多长时间，但现在到了我们"反哺"妈妈的阶段：不是用奶水，而是用心血。

通常画风是这样的：我，或者我的妹妹，坐在她跟前的小板凳上，拿着特意折弯了的勺，一边说着"张嘴"，一边把糊糊、米粥送到妈妈的嘴里。若是勺子到嘴边她真能张大嘴，我们就会一个劲儿地夸她"真棒""好乖"。当喊"张嘴"的时候，我也常常会不由自主地张开自己的嘴，好像这样妈妈就能把嘴张大一样，让看到的护理员们都觉得好笑。

"用进废退"，这是生物学上说的。在许多认知症患者照护的书上，也会特别提醒照护者，要尽量让患者做还能做的事情，这样可以延缓衰退。

现在，妈妈已经是"三等饭民"，餐厅给她的配餐是：将所有荤素菜肴和主食打在一起，成为不干不稀的糊糊。这糊糊绝对能保证营养，但每当看到那绿色的、黄色的糊糊，我就会觉得它们更像是"饲料"，而不是食物——失去了原有的形状、颜色和质感，那还是食物吗？要知道，享受进食的乐趣，是需要嗅闻、触摸、咀嚼和品味的，要不填鸭也能成为美食族了。

为了避免妈妈的咀嚼功能退化太快，也为了让妈妈还能享受进食的乐趣，我们在给妈妈喂饭时，除了半流质的糊糊，还常常把饺子、发糕、肉饼掰成小块，放到她嘴里让她慢慢咀嚼。餐车来的时候，好多护理员也都会看看"今天有没有小 lulu 能吃的"，他们会为妈妈捡出没有刺的鱼、豆腐、南瓜等整块的食物，还在糊糊中加上妈妈喜欢的菜汤，这样，妈妈好歹还能感觉到是在吃饭吧。

渐渐地，我给妈妈喂完饭站起来时，会因为身体僵硬要打个趔趄了。毕竟，俺也是六十大几的人了。

妈妈的兄弟姐妹们，想让我们发妈妈的照片给他们看看。可是，我们已经不愿意再发了，实在不忍让他们看到妈妈现在的样子，尽管我们的妈妈，还在。

初稿于 2017 年 3 月 30 日至 4 月 2 日

35

今晚关机睡觉

今晚，我决定关上手机睡觉。

已经很多年没有关过手机睡觉了，一天 24 个小时开机，只是害怕不能及时接到那个电话。

但电话终于来了——在西班牙北部城市毕尔巴鄂的一家公寓里，当地时间凌晨两点多钟，我被电话铃声惊醒。

开始还以为是内地来的骚扰电话，但听到话筒里急促的声音，我知道最担心的事情可能发生了。

来电话的是妈妈养老院的医生，说妈妈今天早上精神特别不好，他们想要进行几项检查，需要征求家属同意。

相隔数千公里，我鞭长莫及。养老院联系了我的弟弟，他和弟妹以最快的速度赶到，看到情况不妙，打 120 把妈妈送到医院急救。妹妹也火速从外地赶回。

这几年妈妈虽然在持续地衰退中，但从未发生过紧急情况。明年就是她的九十大寿了，我也做好了继续照顾她的心理准备。从 2015 年 1 月，我们送妈妈进养老院，我和弟弟妹妹就成了养老院的"模范家属"，一周七天，至少有四天我们会轮流出现在养老院里：推妈妈到花园晒太阳，给妈妈喂饭，拉她走路，到小医院找大夫给她按摩已经开始挛缩的身体……我们以为，这样"平安无事"的日子还能一天天继续下去。

是啊，妈妈的下坡路是一直波澜不惊，少有跌宕，几乎没让我们受过惊吓。也因为这四年多来她生活在品质不错的养老院里，能得到很好的照顾，因此已经退休的我们仨，也会轮流出个门，给自己放放风。

弟弟妹妹告诉我，老妈是心梗，送到朝阳中西医结合急诊抢救中心的 CCU（心脏科重症监护室）了，目前情况已经稳定。

是否马上结束旅行回国？本来，这次我打算跟两位女性朋友在西班牙和葡萄牙自驾的。临行前，一位朋友不得不退掉了机票，因为她唯一的弟弟突然要进行手术，她必须留下来照顾家中老母。最后和我一起出行的堂妹，会开车却不懂英文（其实我也不懂多少），如果我半途回来，她只能跟着我回来，要承担不小的经济损失。

弟弟妹妹们劝我先等等，看看老妈的情况再做决定。

是夜做梦，梦见妈妈在凌晨 2:46 分去世了。

惊醒后抓过手机看微信，看到身为医生的弟妹的留言：我刚给 CCU 大夫打电话问了妈妈的病情，她说昨天入院后用上了内科治疗冠心病的常规治疗手段，心率、脉搏和昨天没有太大变化，心电图也变化不大，上午送去的化验复查结果还没回来，目前病情还算稳定。

我松了一口气。看表，凌晨 3 点多。

睡不着了，在手机上查看机票，发现从马德里回北京的飞机最多，也最快。幸亏明天就到马德里了。

我决定从马德里飞回北京。妈妈已经高龄，肌体脆弱，病情随时可能有变。

妈妈离世后，我想想就觉得很神奇：从她第一次心梗发作到最后离世，一共 10 天。她好像就是为了等我回国，从第一次心梗中恢复过来。她给了我最后一次见面的机会，也给了我们从心理准备到丧葬准备的时间。

从马德里回来当天去医院看她。原来很担心妈妈进了 CCU 会浑身管子，样子非常痛苦和悲惨，但看上去没有想象的那么糟糕，甚至她的脸色还很红润。监护室的护士和护工先后来和我交流，告诉我妈妈的情况，还有他们为她做了什么。没想到这个医院这么有人情味，我心下十分感激弟弟妹妹们做了正确的选择，也觉得妈妈很幸运。

我把手放在妈妈的额头上轻轻抚摸，她睁开了眼睛，一眨一眨地看着我，接着嘴里发出咕咕噜噜的声音。

早已失去了完整表达能力的妈妈，这个眨巴眼、嘴里咕哝着的妈妈，是认出我来了，想和我说话吗？

我呆呆地看着她，不能确定，也不敢确定。对于我们来说，和妈妈交流，听听她最后的愿望和叮咛，早已是一种奢望。

我撩开被窝，找到她那只没有扎针的手，把我的手放到她的手心中。

她攥住了我的手。

我弯下腰，对着她的耳朵，轻轻地和她说："妈妈，我是晓娅，我是你的大女儿，我从国外回来了，你能认得我吗？你女儿在你身边，别害怕……"

不管她知道不知道攥住的是女儿的手，知道不知道在她耳边说话的是她的女儿，我想这只手也会让她感觉到温暖，这轻轻的话语也会让她知道有人在陪伴，不那么孤单吧？

老妈的大脑里是个什么状况？她的内心还有情感流动吗？现在她究竟能看到什么、听到什么？她身体疼痛或难受吗？她知道自己已经生命垂危吗？她有什么放心不下的事情吗？她害怕死亡吗？她希望我们为她做些什么吗？……

一切的一切，我们都想知道，却又无法知道！如果说认知症让我们生活在平行世界中的话，那么，现在它所筑起的那道透明的墙，则让我感到绝望！

CCU 的探视时间是半小时，我还要让别人进来。特别是在四川生活的堂妹，她没有选择马上转机回家，而是到医院里来看望我的妈妈。说来也是缘分，在她的妈妈病逝前，我利用讲课的机会回到家乡，和老人家做了最后的告别。现在轮到她了。

我轻轻把手抽出来，但分明能感到妈妈不想松手。她虽然没有很大的力气，可我还是能感觉到她在拉住我。

我叹口气，把手拿出来，走出监护室。

第二次去看妈妈，觉得她的脸色不再红润。抚摸她的时候，她睁开一下眼睛又马上闭上了，显然没有昨天的状态好。

护士说，她自己大便了两次，护工还帮她在床上洗过头发。

我很惊奇，和护士确认：是她自己解的大便，不是用开塞露？护士给了我肯定的回答，并说大便有点稀，他们会继续观察。

这几年，作为北京生前预嘱推广协会的理事，我也在参与志愿者培训等事情。协会的"七彩叶"志愿者在海淀医院为晚期病人提供服务，我也会到现场看他们做什么和如何做。每当看到志愿者用特制的工具给那些卧床的病人洗头、理发，我都非常感动。有些人报名当临终关怀志愿者，想着要做些精神超度的事情，没想到志愿者们却在做这些"体力活儿"。但我却一直觉得，这些看上去并不高大上的服务，对于病人来说无比宝贵，它不仅让临终者感到舒适和有尊严，也让他们感受到来自人间的关心与爱。

没想到，我的妈妈也得到了这样的服务，虽然不是来自志愿者。

妈妈会缓过来吗？我问医生，医生说，高龄老人需要观察，一般两个星期如果指标正常可以出监护室。

希望似乎还在，我们甚至还讨论了妈妈出了监护室是在这里住院，还是回养老院或住养老院旁边的社区医院。但另一方面，我们心里也清楚妈妈的病情可能会恶化。

以前，我们讨论过妈妈走的时候给她穿什么衣服，反正不能穿寿衣店的衣服，那与她的身份和气质太违和了。妹妹建议穿妈妈在国外工作时做的墨绿色丝绒旗袍。为了和这件旗袍相配，她网购了一双绿色绸子面的布鞋，还找了几条真丝围巾。这些天妹妹已经把它们都拿到自己家，熨烫好了，内衣也准备好了。我听说南方人是用亚麻做铺的盖的，曾经专门去公主坟找大新服装布料店，那家店里有各种颜色的亚麻布，但是找过去却发现"大新"已经不见了。

11 月 15 日，周五。早上问正要上班的女儿周六是否去看外婆，女儿说去。上午不能探视，在家整理东西。中午给自己煮好了速冻饺子，准备吃完就去医院。

饺子刚放到桌上，电话响了，是医生，说老妈再次心梗，他们正在用药，希望我们马上过去。

和先生飞快下楼，开车到医院。路上给女儿打电话。

到了老妈病房，她双眼紧闭，但药物似乎起了作用，监护器上的一些指标在好转。弟弟、弟媳和妹妹，还有我的女儿都陆续赶到了。

我们轮流进去看妈妈。我有点担心女儿看到外婆的样子会害怕，给她看了外婆在病床上的照片，希望她有心理准备。女儿出来后流着泪告诉我，看到外婆她并不害怕，但是心里很伤感。她是这个家在北京的唯一孙辈，爷爷走的时候，她也是和爷爷告别的唯一孙辈。

过了一会儿，妈妈的状况又"稳"住了，我们决定我和妹妹在医院附近的旅馆住下，弟弟和弟媳先回家。

妹妹在旅馆的床上铺开给妈妈准备的衣服，我们商量着穿什

么不穿什么。我们并不在意什么穿三身还是五身，穿新的还是旧
的，一心只想着把妈妈打扮得漂漂亮亮的。妈妈年轻时还是蛮时
髦的，特别是因为在国外工作，会有些漂亮衣服，有些还是在国
外买的。记得 20 世纪 60 年代她回国时带我出去，我总要与她拉
开一小段距离，因为觉得这个烫着时髦发型、穿着无袖裙子的妈
妈"洋里洋气"的，"太不艰苦朴素了"，怀疑她是不是"变修"
了 *。可惜这些年，她的认知症到了晚期，颈椎变形抬不起头，
只能用口布遮在胸前，全然没有了当年知识女性的样子。现在，
如果她要走，就让她优雅地走吧！

　　丝绒旗袍很长，可以直到脚面，我觉得配一双白袜子就行，
妹妹觉得黑袜子比较好。于是两个人就出去找了家超市，买了一
白一黑两双棉袜，还买了一支口红，想着要不要给她化化妆。我
们家的女性基本上都是素面朝天的，但我们不希望妈妈的遗容太
过苍白或灰暗。

　　中午饭就没吃的我，此时饿得有点心慌。找了家饭馆要来菜
单，还没点菜，电话就响了，是医生打来的。这时我们离医院不
过 300 多米，对服务员说声"对不起"，妹妹回旅馆拿衣服，我
直奔医院。

　　进了 CCU，医生告诉我，这一次可能没有希望了，老妈的
心跳已经没有了。她说她知道我们签署了"不进行有创抢救"，

---

* 当时中国正在批判"苏联修正主义"。

但为了等到家属，大概也是为了给家属安慰，现在有医生在给老妈做心脏按压，也在给老妈用药维持。"是轻轻地按压，不是那种很重的，"她特意说，"你看是不是还要继续按压和用药？"

这些年在生死学领域的探索，对于"死亡"我并不陌生，也接受了"尊严死"的理念。但面对自己的亲人，要在自己的亲人临终时做出抉择，是和讲课与写作全然不同的场景。

我感觉到自己的心在咚咚地跳。想到公公去世时我先生曾说，过去一个人的命是老天决定的，现在这个决定权似乎转到人的手中，可是我们有权利做这个决定吗？谁有权利做这个决定呢？

现代医学的强大实在令人惊叹。我看到过失去吞咽功能靠鼻饲管活了一年的认知症老人，也看到过在 ICU 里躺了三年还活着的人。但那真的是在"活着"吗？

妈妈病床前，有两个年轻的医生在为她按压心脏，我能感觉到那其实已经是一种安慰性措施了。既然无力回天，就让医生们休息，也让妈妈能平静地离开吧！

我深吸一口气，对医生说："不用按压了，如果药物还能维持就继续，等我弟弟妹妹们来。"

看了看床头的监护仪，高压已经没有了。我抚摸妈妈的额头，她也不再有反应。我走到床的另一边，把手伸进被子，拉住了妈妈那只没有扎针的手。

护士进来，看了一眼监护仪，惊讶地说："血压怎么那么高？"

我也一惊，恍惚中回头看到高压低压都在 100 以上，我想，那是我拉住妈妈手时她的身体做出的反应吗？生命真是太不可思议了！

我不再关心监护仪，我知道那里还有一些波动的曲线早晚会变成一条直线。但我知道人临终时最后关闭的是听觉系统，所以我趴在妈妈身上，轻轻地对她说（旁边病床还有一位 95 岁的老人，我不希望打扰到她）："妈妈，这些年你太辛苦了，你要是太累了，就放心地去吧，去和爸爸团聚吧！你的三个孩子都很好，我们都能自立。你的孙子、外孙女，还有你的重孙子也都很好。谢谢你，谢谢你给了我们生命……"

妈妈没有任何反应。

妹妹很快带着衣服过来了。这时，这波药物的作用已经过去了，医生问我们是否还要再用药。我和妹妹都知道，用药只是心理安慰。正逢周五晚高峰，弟弟可能一时赶不到，但他也早已做好了心理准备，所以我们告诉医生：不需要用药了，就让她安静地走吧！

我们知道，妈妈一旦离去，需要马上给她清理身体和穿衣服。护工说，应该用白酒给妈妈擦身，可是我们没有准备白酒。我们希望亲手给妈妈穿衣服，但毕竟没有经验，担心穿不上或穿不整齐，所以还是决定请专业的殡葬公司。

我出去给殡葬公司打电话。妹妹一个人在病床边陪伴妈妈。她一手拉着妈妈的手，一手抚摸着妈妈的额头，贴在她的耳边跟她说："别害怕，我在呢，爸爸在那边接你，别害怕。你放心地走吧，我们都很好，放心吧……"

护士进去，和妹妹一起给妈妈做了最后一次心电图。打印出来，心电图已经是一条直线。

妹妹看表，18：48。后来，医生在死亡证明上写下了这个时间。

护士和护工要给妈妈做遗体护理，让我们暂时离开监护病房。

护士和护工的工作完成后，妈妈的管子都没有了，她不再是一个等待抢救的"病人"，而真的变成了一个"逝者"。

殡葬公司的人赶到了。我们一起给老妈擦身，然后从里到外一件件穿上衣服。

我看到逝去的妈妈虽然瘦弱，但是皮肤仍然光洁，皮下仍有脂肪。这些应该归功于养老院吧。虽然妈妈早已是"三等饭民"，每顿饭吃的都是糊糊，但毕竟是营养师配餐的糊糊啊，且妈妈似乎一直保持食欲，每餐能吃下不少东西。这也让我们一直觉得她还有很强的生命力，能活过自己的九十大寿。

穿旗袍和穿鞋子时稍微费了点功夫，但穿上后很服帖。根据殡葬人员的建议，我们给她穿了白色的袜子。最后，妹妹在妈妈脖子间结上一条深色的丝巾，上面有几朵红花。

妈妈因为颈椎弯曲，早已不能平躺，这两年只能侧身而睡，非常辛苦。但离世之后，也许是肌肉松弛下来了吧，她竟然躺平了！现在，她仰面安睡在枕头上，虽然脸色有些苍白，但有丝巾上的红色花朵映衬着，她显得很平静，好像很享受平躺着睡觉的样子。

妈妈，辛苦了，你就好好睡吧！

不过，听从殡葬服务人员的劝告，我们没有给妈妈化妆，因为据说遗体冷藏后油彩会花掉。

穿过周五晚上的车流，我和弟弟送灵到八宝山。人们正在开始享受又一个周末，而我们的妈妈，一个从江南水乡走出来的知识女性，走完了她 89 年的人生，魂魄已经西行，躯体还静静地躺在我们的身边。

回到家，我决定关上手机睡觉，再不用担心半夜铃声了。

关灯后，32 年前爸爸离去的那个夏夜浮现出来。那是 1987 年 7 月 24 日的夜晚，我在妈妈房间里陪她睡觉，黑暗中，传来妈妈的阵阵哭泣。

还有，1969 年 1 月 16 日的夜晚，15 岁的我即将离开北京去陕北插队。妈妈让我上床睡觉，自己在台灯下为我补一件衬衣。我听到很少表达感情的她，在轻轻地抽泣。

已经半个世纪了。我泪流满面。

初稿于 2019 年 11 月 16 日至 24 日

后记

人生路上，会有大大小小的考试。陪伴患上认知症的妈妈走完她人生的最后一程，是我生命中的一场马拉松考试。

和我一起上考场的，是我的弟弟和妹妹。

现在，这张考卷写完了。

在上面，你会看到，得了认知症的人在生命下坡路上的种种状况，那就是我们的一道道考题。你也会看到，这张答卷并不干净工整，更不是没有错漏缺失。在它上面，留下了我和弟弟妹妹们的努力，也留下了属于我的担心、焦虑、挣扎和挫败，还有答卷过程中我的学习、反思与成长。

我没有在考卷上谱写一首首"爱的颂歌"，也没把"无私奉献"当作满分标准来追求。在高龄社会已然来临之际，如果这些文字对别人有点用的话，我希望它来自真实：真实地记录认知症老人的一段生命历程，真实地描述陪伴者的酸甜苦辣。

重新看这些文字，我也发现了自己最大的焦虑，不是在生活上如何照顾老妈，而是觉得没有办法了解老妈的内心世界，包括她一生的生命故事。一切都已经太晚了！

了解上一代，其实是为了找到自己的根。我觉得知道父母的一生是怎么度过的人，会和这个世界联结得更深，对生命爱得更深。愿读到此书的朋友，在还来得及的时候，去不带评判地听听父母一生中的酸甜苦辣，去发掘一下他们的生命故事，特别是那些宝贵的细节。

妈妈去世不久，新冠病毒袭来。在疫情肆虐的日子里，我整理完了这些文字。我想，这份答卷的完成，也是我一项人生使命的结束。

感谢我的弟弟和妹妹，我们这个铁三角不仅保证了妈妈这十几年来的生活质量，也让你们的"老姐"能在陪伴妈妈的同时，实现了自己的许多人生梦想。

还有我的医生弟媳，你是妈妈的医疗总管，多少年来，妈妈的每一盒药、每一张化验单都经过你的手……

感谢我的先生和女儿，我们的家就是我最为稳固的堡垒——既是精神上的，也是躯体上的。

感谢"助爱之家"微博群的创办者，虽然我根本不知道你们是谁、你们在哪里。也感谢活跃在"助爱之家"里的认知症家属们，"活络扳头"、"我的影子我的妈"、"quxq"屈姐、"子诺妈咪"、"颜小豆"、"津有游女"……我知道你们有的已经完成了陪伴亲人的使命，有的还在继续努力和付出，我想抱抱你们所有的人！

感谢洪立，你是中国最早关注认知症群体的人，你和王华丽大夫合作撰写的《聪明的照护者》，不知道帮助了多少像我这样的人，而你今天还在培训和陪伴更多人，包括被认知症困扰的人、他们的家属、养老院的护理员，让中国人对认知症有更多的了解、更深的认识，掌握更多的陪伴技巧。

感谢贴身照顾妈妈五年的杨以妹。你和我妈妈非亲非故，能够接纳和照顾她这样一个渐渐退化的老人，实在不容易，谢谢你的付出！

感谢恭和苑的员工们，特别是在二楼工作的李会洁、艾今、胖胖李申和所有其他护理员。你们耐心地喂妈妈吃饭、为她洗澡、带她如厕和散步、为她及时换去不洁的衣服、承受她发脾气时的委屈，所有这些我们都看在眼里、记在心上！

感谢在这场马拉松考试中给我加油、帮我减压的朋友们：杨眉、高一虹、杜爽、王峻，还有"青春热线"的许多志愿者，你们当中有和我一起去养老院看望妈妈的男奇、湘秦、郭军，还有从给青少年心理支持转战到老年战场，在社区坚持为孤寡、失独、残疾老人志愿服务的王琰……

最后，我还要感谢一个人——我的妈妈。妈妈，你的认知症给了我一个机会去成长。在不得不颠倒人生角色去给你当妈妈的过程中，我仿佛像陪伴女儿长大一样，慢慢学会处理种种"事情"——既有无数想得到想不到的"事"，也有复杂与纠结的"情"；我学会了仔细地观察和深入地理解，也学会了忍耐、谅解、接纳和允许。

你的状况，也让我能对自己的晚年早一点开始思考和准备。这些年来，我坚持学习，接触新知，努力保持心智的活跃：我通过写作和讲课释放自己的创造力，通过公益活动与社会保持联结互动，通过自助旅行让自己在陌生的环境接受刺激，激发自身的潜能……

妈妈，在你离开后，我在自己身上发现，其实你的很多特质也在我的身上，比如：

尽管是知青点年龄最小的一个，但所有的农活我都干得不比别人差；

我喜欢新的挑战，就像你愿意去学习当时少有人学的法语一样；

在人生岔路口，我总是自己做出判断和选择，并且在精神上非常独立；

甚至，我也像你一样，学东西还蛮快的……

这些与你相似的特质，曾经在我生命的旅途中带给我许多帮助，今后它们还会陪伴我继续前行，就像早已去世的爸爸在我身上留下的印记一样。

　　还有，我特别欣慰的是，在你去世后，听弟弟说，你虽然很少直接表达对孩子的感情，其实你对我们的付出也是心存感激的。有一次，院子里的一个阿姨告诉弟弟，妈妈拿着弟弟和弟媳给她送去的西瓜说："你看我儿子多好，又给我送西瓜来了。"说这话的时候，妈妈流了眼泪，想必那眼泪里有许多的爱吧。

　　好了，亲爱的妈妈，你走过了很多的路，领略了这世界上很多的风景，现在和爸爸一起在天堂安息吧！

　　　　　　　　　　2020 年 2 月 15 日，妈妈去世三个月

起风了

在黄昏的惆怅中

我本想

在余霞燃尽前

再唱一阕

嘹亮的歌

可是你说

回家吧，回家

哪里是你的家呢，老妈

是童年的桂花树下

还是燃烧激情的南下途中

是异国他乡的羁旅

还是铅华落尽，收容你的大院小屋

你两眼空茫

双脚蹒跚

只是把我的手

拉得生疼，生疼

哦，好吧，

我们回家

太阳都会熄灭
何况这流萤般的人生

让我们
回到母亲温暖的子宫
回到开天辟地的鸿蒙
回到大爆炸处的奇点
回到宇宙原初的虚空

那里没有光
也就没有影子
那里没有风
也就没有云霞
那里没有声音
也就没有歌唱
那里没有色彩
也就没有花开

那是你的家吗，老妈
如果物质湮灭了
爱就获得了自由飞翔的力量
那就让我们一起
回家吧，回家！

我在妈妈的怀抱中

童年的我们仨和
妈妈在一起

妈妈和法国孩子
在一起

妈妈在巴黎分社工作时

重温在国外工作的日子

妈妈在iPad上画的画

我和妈妈相伴而行

妈妈入住养老院第一天

妈妈在养老院迎来了85岁生日

全家四代人在养老院和妈妈合影

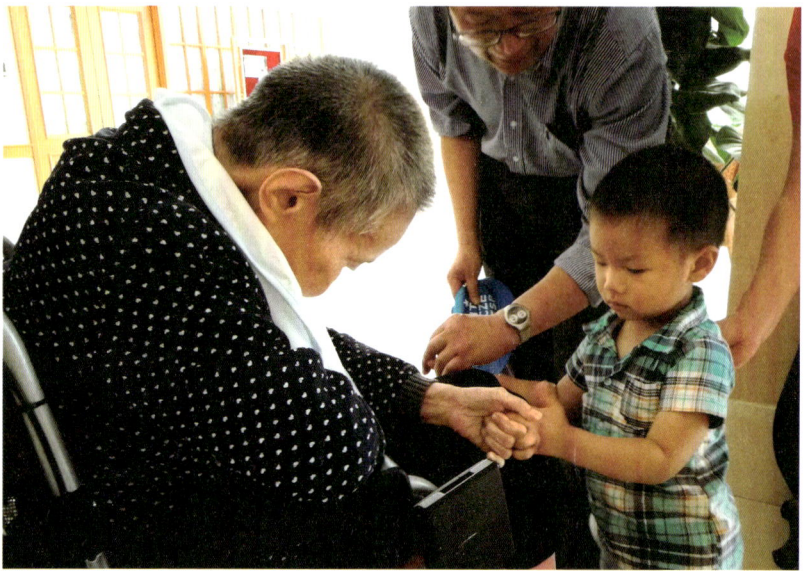

妈妈拉着曾孙的小手

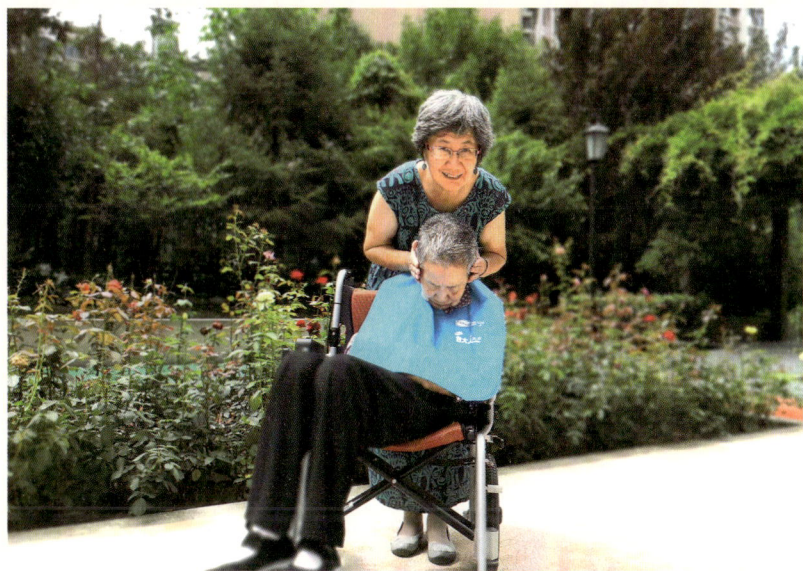

我带妈妈晒太阳

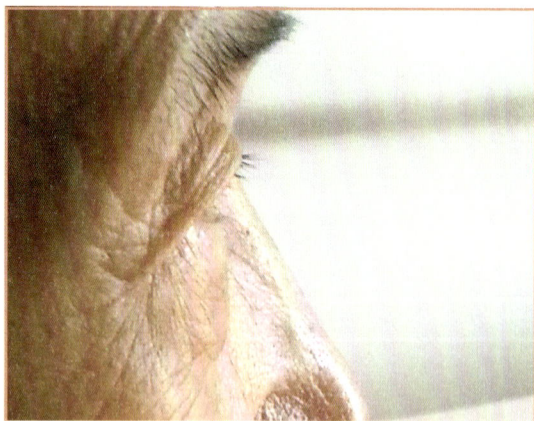

女儿眼中的母亲

是浩瀚宇宙

是广阔天地

你的白发像蓬乱的枯草

我想知道每根草下埋藏着怎样的故事

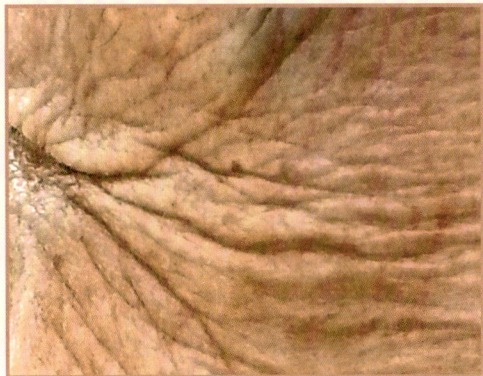

你的皱纹像广阔的流域
我想考证哪条沟壑是被无情的历史冲刷

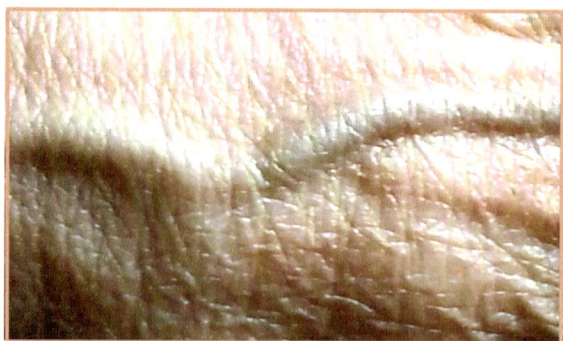

你的血管像流淌的大河

我想探测河湾里留下的是爱还是愁

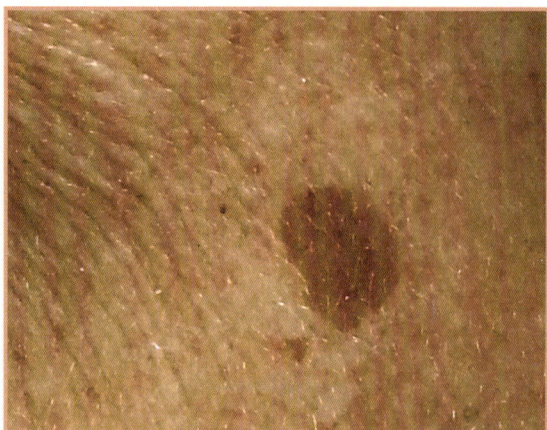

你的瘢痕像干涸的湖底
我想摸摸哪粒砂曾被太阳焦灼地烤过